Kapitel Ett

Det var mindre än en dag kvar innan by-balen i kungariket Vivalencia skulle hållas och en tjänare upptäckte något förfärande. Medan hon hängde iordning kungens och drottningens kläder inför balen hittade hon ett stort hål i kungens jacka. Hon tog den och rusade till slottets intendent.

– Severin, vi har ett stort problem! sa hon.

– Vad är det, Anastacia? frågade Severin.

Anastacia visade intendenten kungens jacka och Severin fick kväva ett skrik. Detta var verkligen inte bra.

– Slottets sömmerska är dessutom bortrest, sa Severin.

– Åh nej, vad ska vi göra? frågade Anastacia förskräckt.

– Är det några problem?

Severin snurrade runt och såg prinsessan Hanna bakom sig.

– Ers höghet, nej, självklart inte, hasplade han ur sig.

– Nej, eller hur? sa prinsessan med ett skeptiskt ögonbryn höjt. Varför håller Anastacia i pappas jacka och ser skräckslagen ut då? fortsatte hon.

Severin svängde runt och tittade på Anastacia som krampaktigt höll i jackan och stirrade på honom med sina olivgröna ögon, sen vände han tillbaka till prinsessan.

– Jackan är trasig och slottets sömmerska är bortrest, prinsessan Hanna, sa Severin.

– Vi vet inte hur vi ska lösa detta, sa Anastacia.

– Skicka den till sömmerskan i byn då? sa prinsessan.

– Kan vi lita på att hon gör ett bra jobb? sa Severin.

– Får hon ett bud från slottet med ordern att ordna kungens jacka så är jag aningen säker på att hon kommer göra allt för att den ska bli bra, är den mycket trasig?

– Nej, Ers höghet, sa Anastacia.

– Då så, Severin. Slå in jackan och ta med dig den till byn!

– Ja, ers höghet.

Severin bugade lätt åt prinsessan innan han tog jackan och gick sin väg. Prinsessan Hanna log roat efter honom och fortsatte sedan genom slottet och ut i trädgården, dit hon ursprungligen varit på väg. Det var en underbar dag, varmt och vindstilla. Hon slog sig ner vid fontänen och drog in den fräscha luften i lungorna.

– Du ser ut att njuta.

Hon hoppade till och vred snabbt på huvudet. Hennes tvillingbror, prins Hugo, stod bredvid henne.

– Åh, hej Hugo, sa hon.

– Hej syrran, laddar inför imorgon? sa Hugo och satte sig bredvid.

– Ja, typ.

– Ser du fram emot balen?

– Det vet du att jag gör!

– I och för sig, du gillar ju att klä upp dig!

– Precis, sen skulle väl Claudia och Carolina komma också?

Claudia och Carolina var tvillingarnas äldre systrar som nu regerade egna riken. Hugo funderade någon minut och nickade sedan.

– Jo, det har jag för mig att de skulle, sa han sedan.

– Det ska bli roligt att träffa dem, sa Hanna.

– Ja, nu var det ett tag sedan. Både sedan vi hälsade på dem och tvärtom.

– Precis.

– Vet du var Severin är för den delen? Pappa frågar efter honom.

– Jaha, Severin åkte till byn för att lämna in pappas jacka på lagning inför by-balen.

– Dagen innan?

– Det upptäcktes idag. Nyss faktiskt, jag mötte Severin och Anastacia som stod och diskuterade hur de skulle göra.

– Jaha, oj då kanske vi borde gå och berätta det för pappa?

– Jo, undrar om han kommer kommentera att Severin drog utan att meddela honom?

– Säkerligen.

Så reste sig tvillingarna och gick tillbaka in i slottet och bort till tronsalen, där deras föräldrar var. De tittade på varandra och klev sedan inom synhåll för sina föräldrar.

– Hanna, Hugo vill ni något? frågade deras mamma drottning Beatrice.

– Jo, det gäller Severin, sa Hanna.

– Vet ni vart han håller hus? frågade deras pappa kung Perelius.

Tvillingarna tittade på varandra igen och mötte sedan deras föräldrars blickar.

– Han åkte ner till byn för att lämna in din jacka till balen för lagning hos sömmerskan pappa, sa Hanna.

– Min jacka? sa kungen.

– Ja, den var tydligen trasig och slottets sömmerska är ju bortrest så jag föreslog att Severin skulle ta jackan till sömmerskan i byn, hon gör säkert ett toppen jobb!

– Kanske det, men borde han inte ha pratat med mig också och inte rådfrågat min dotter?

– Jag råkade vara i närheten när han och Anastacia diskuterade det och jag bara föreslog, han hade ju inte behövt åka direkt men han gjorde visst det.

– Okej, det finns inte mycket att göra åt det nu men hoppas han är tillbaka snart.

Tvillingarna tittade på varandra och nickade sedan till svar. Sedan lämnade de tronsalen och gick mot biblioteket.

– Det där var nära, sa Hugo.

– Det var väl rätt på? sa Hanna.

– Kanske lite.

De klev in i biblioteket och började med sina läxor.

Annika Cederholm hade just tackat av slottets intendent Severin som anlänt lätt stressad med ett plagg från kungen som måste lagas omgående. Den skulle kungen använda på balen som var nästkommande dag. Annika hade stirrat på mannen men försäkrat honom om att hon skulle få den klar i tid. Han hade tackat och sedan gett sig av igen. Så nu stod hon här med en jacka som skulle sys ihop till imorgon. Hon la upp den på arbetsbänken och granskade den trasiga ärmen. Det var inget komplicerat men hon var inte säker på om hon hade den rätta färgen hemma. Marinblått var det ingen stor efterfrågan på från folket nere i byn och det lilla skrädderiet hade aldrig fått en order från slottet. De hade ju en egen sömmerska. Men nu hade hon tydligen varit bortrest, oturligt nog, så de hade fått köra på det näst bästa. Annika öppnade lådan med tråd och började gå igenom den blå raden. Vilket gick snabbt, hon hade

ljusblå och en som gick mot lila, men självklart ingen
marinblå. Hur skulle hon lösa detta? Hon skulle inte
hinna beställa tråd och hinna få den levererad i tid nästa
dag. Hon var tvungen att komma på en annan lösning
men hon var livrädd för hur kungen skulle ta det. När
det plingade vid dörren tittade hon upp och såg sin
dotter Lilja kliva in.

– Hej hjärtat, hade du det bra i skolan? frågade hon
och släppte jackan.

– Ja, det var roligt, sa Lilja och släppte ner väskan på
golvet.

Så kom hon runt till arbetsbänken och såg jackan.

– Oj, vems jacka är det där? frågade hon medan
hennes stora bruna ögon inspekterade den tjusiga
jackan.

Den var alldeles för fin för att tillhöra någon i byn.

– Det är kungens jacka till balen i morgon, sa Annika.

– Men varför har du den, mamma? frågade Lilja.

– Den var trasig och det fanns ingen på slottet som
kunde laga den, men jag vet dock inte riktigt hur jag
ska lösa det.

– Men du kan väl laga den?

– Jo men jag har inte den rätta färgen för att matcha.

– Oj då.

– Det kan man verkligen säga hjärtat, men jag lär laga den på något sätt.

Lilja nickade och gick sedan bort till sin väska igen och satte upp den på axeln.

– Jag går upp och börjar med läxorna, sa hon.

– Gör det hjärtat, sa Annika.

Lilja sprang upp och Annika vände koncentrationen åter till jackan. Hur skulle hon lösa detta? Hon öppnade lådan med sytråd igen och plockade upp den guldiga. Hon skulle kunna reparera med den, det skulle inte bli allt för konstigt. Men behövde hon inte egentligen riva upp den andra ärmen då också? Att ha guldtråd på bara en ärm skulle se ut som att en treåring hade gjort det, och hon ville verkligen inte visa en dålig sida när det gällde hennes kunskaper. Hon tog upp jackan i den andra ärmen, drog med fingrarna ut med det mjuka tyget, skulle hon? Just som hon skulle riva tyget såg hon några av tyglapparna med rikets sköld som låg i en korg på bänken. Hon kanske kunde använda en av dem? Hålet satt ändå väldigt långt ner, vid handleden så det skulle nog inte se så dåligt ut. Hon tog en av tyglapparna och några nålar och fäste den på jackan. Sedan höll hon upp den framför sig och granskade den mycket noga. Hon tog ner en av galgarna som hängde under trappan och hängde upp jackan vid trappan.

– Lilja, kan du komma ner två sekunder? ropade hon.

– Visst mamma, svarade flickan.

Så kom Lilja ner för trappan och ställde sig bredvid sin mamma.

– Titta på ärmen, jag har nålat fast en av tyglapparna över hålet i jackan, tror du det funkar? sa Annika.

Lilja tittade på jackan där hon stod, la huvudet lite på sned och vände sig sedan till sin mamma.

– Jag tycker det ser bra ut, inte alls konstigt, sa flickan.

– Tack stumpan, sa Annika.

– Ska du göra så då?

– Jag vet inte, jag vill verkligen inte ställa till det.

– Men mamma… Klara och hennes mamma kommer ju snart för jag och Klara ska prata om scoutgruppens hajk.

– Just det men då passar jag på att fråga Linda och Klara också.

Lilja sken upp och just då plingade dörren och in kom Klara och hennes mamma. Lilja och Klara kramade om varandra och sedan vände sig båda till jackan.

– Ge mig ert tycke om den lagade ärmen, sa Annika.

– Med tyglappen? frågade Linda.

– Japp.

Linda tittade kritiskt på den, Klara la huvudet lite på sned och tittade kort på jackan innan hon tittade upp på mamma.

– Jag tycker det ser bra ut Annika, sa Linda.

– Verkligen? sa Annika.

– Ja Annika, varför är det så viktigt?

– Det är kungens jacka, därför är det viktigt att den ser helt perfekt ut, kungen ska ha den på balen imorgon.

– När fick du den?

– Idag, för typ en halvtimme sedan kanske.

– Men herre gud, ger dem inte mer tid till att laga den?

– Det verkar som det upptäcktes idag och så var slottets sömmerska borta, så Severin kom ner hit och

bad mig laga den och jag kunde ju självklart inte säga
nej.

– Oj, nämen som sagt Annika, det ser bra ut, du kan
använda lappen. Vad tänkte du annars?

– Laga den med guldtråd. Men jag kom på att det nog
kommer att se konstigt ut då det bara är på ena ärmen.

– Okej, ja det skulle nog se konstigt ut.

Annika nickade och plockade sedan ner jackan. Så la
hon tillbaka den på arbetsbänken och tog med sig
Linda bort till köket medan döttrarna sprang upp.

Kapitel Två

Prinsessan Hanna satt i sin fönsterbänk i sitt rum och kollade ut över trädgården. Hon var klar med alla läxor och hade absolut ingen aning om vad hon skulle göra nu. Hon blundade och lutade sig tillbaka mot väggen. Morgondagen skulle bli rolig som alltid, även om hon var jättespänd inför imorgon så gissade hon på att folket i byn var ännu mer spända. Detta var enda gången de fick komma upp till slottet sedan deras far bestämt att medborgarna fick lösa sina problem själva. Hästgnägg fick henne ur tankarna och hon kollade snabbt ut genom fönstret men såg inte någon vagn rulla in mellan de stora portarna på framsidan. Så hörde hon fanfarer och insåg att det måste vara från baksidan. Det fanns bara två som anlände på baksidan och ett leende sprack upp i hennes ansikte. Hon hoppade ner från sin plats och rusade ut från sitt rum. Just som hon rundade hörnet vid sin dörr så klev Hugo ut från sitt rum. Han tittade bort mot henne och log.

– Du hörde det också, va? sa han.

– Japp! sa hon.

De log mot varandra och rusade sedan mot bakgården där deras föräldrar, tillsammans med Severin som återvänt, redan stod. Deras mamma log när de förväntansfulla tvillingarna ställde sig bredvid henne. Sedan vände hon blicken framåt och såg första vagnen anlända. Serverin harklade sig och gjorde sig redo att välkomna första systern.

– Låt mig presentera, från kungariket av Melivada, Hennes majestät drottning Claudia, sa Severin högt och tydligt.

Kusken sträckte ut en hand och Claudia klev graciöst ner från vagnen. Sedan lät hon blicken glida över mot familjen och ett stort leende sprack upp i hennes ansikte.

– Välkommen hem raring, sa kungen.

– Tack så mycket för inbjudan, Ers majestät, sa Claudia och neg.

– Vad är detta för formaliteter Claudia? frågade fadern.

– Jag gör som ni alltid lärt mig, man niger när man möter kungliga, ni var inte specifika med att det inte gällde när det handlade om familjen.

Severin harklade sig igen och alla vände sin uppmärksamhet mot andra vagnen som anlände och ställde sig strax bakom Claudias. Även denna gång klev kusken ner för att hjälpa till.

– Låt mig presentera, från kungariket av Awilana, Hennes majestät drottning Carolina, sa Severin.

– Helt fantastiskt att få vara på hemmaplan igen! sa Carolina.

– Någon fattade hinten med att släppa formaliteten med familjen, sa fadern med en lätt pik åt äldsta dottern.

– Jag fattar men sen är Carolina yngre, mer barnslig, sa Claudia.

– Hallå! utropade Carolina. Jag är inte barnslig, jag fattar bara pikar bättre än min kära storasyster.

De räckte ut tungan åt varandra och vände sedan uppmärksamheten mot sina yngre syskon.

– Är de några som är mogna här så är det nog våra småsyskon, sa Carolina och tittade på Claudia.

– Du har nog rätt, de om några blir nog fantastiska regenter, speciellt Hugo som får ta över Vivalencia, sa Claudia.

– Det förlovade landet.

Alla förutom Claudia tittade frågande på Carolina.

– Vad då? sa Carolina förvånat.

– Det förlovade landet? frågade deras mamma.

– Ja, alla talar om Vivalencia som det förlovade landet för hur vackert det är och för hur fantastiskt det styrs av ett… vad är det de brukar säga?

– Ett kärleksfullt kungapar, avslutade Claudia.

Deras mamma rodnade lätt medan deras far sträckte lite mer på sig samt drog sin hustru närmare sig. Claudia kikade på tvillingarna samtidigt och de såg ut som om de vill kräkas. Hon log och gick sedan bort till dem.

– Jaha, hur är det med småsyskonen? frågade hon.

– Jo tack, det är finfint! sa Hugo.

– Syrran?

– Underbart! sa Hanna.

– Härligt, är vi redo att gå in? frågade Claudia.

– Jag tänkte just föreslå det, middagen serveras snart! sa Severin.

Den kungliga familjen gick in i slottet. Hanna och Hugo tog med sig sina storasystrar till rummen de skulle få och babblade på som aldrig förr om allt som hänt sedan de senast setts.

Linda och Klara hade varit kvar fram till kvällen och blivit bjudna på middag hos Cederholms. Lilja och Klara hade varit överlyckliga över att få vara med varandra längre, medan deras mödrar bara lett. Linda och Klara hade precis lämnat dem och Annika satt än en gång med kungens jacka framför sig. Hon kunde inte riktigt bestämma sig ifall hon skulle laga jackan med tyglappen eller om hon skulle göra på något annat sätt. Dock visste hon inte något annat alternativ utan att behöva ha sönder jackan ännu mer.

– Mamma?

Annika tittade upp och såg dottern iklädd pyjamas. Kvinnan log och reste sig från stolen.

– Dags att sova? frågade Annika.

– Ja, vi ska ha uppvisning imorgon ju så jag måste vara utvilad, sa Lilja.

– Herregud, det hade jag helt glömt!

Lilja tittade upp på sin mamma som hade förlorat lite av sin färg. Liljas förvåning byttes snabbt ut mot oro.

– Vad är det mamma? frågade flickan.

– Jag ska ju lämna jackan till slottet personligen imorgon och jag är rädd att det krockar med din uppvisning hjärtat, sa Annika.

– Va? Men jag ville ju också följa med till slottet!

– Jag vet stumpan, men du vill väl vara med på uppvisningen också?

– Ja, men…

Liljas underläpp började darra och sedan brast flickan ut i gråt och kastade sig om halsen på sin mamma. Annika höll sin dotter nära, ville inte att Lilja skulle gråta men hon visste inte heller hur hon skulle lösa detta.

– När var uppvisningen? frågade hon.

– Vid tolv, vi slutar med idrott, sa Lilja.

– Hur länge brukar det hålla på?

– Vi ska bara hålla på i fyrtio minuter.

– Tjugo i ett.

Lilja tittade förhoppningsfullt på sin mamma som funderade så det knakade, sedan skrattade Annika till och Lilja höjde frågande ögonbrynen.

– Men då är det ju inga problem stumpan, sa Annika.

– Inte? frågade flickan.

– Nej, vi ska vara på slottet till halv två.

Lilja sken upp och kramade om sin mamma.

– Kan du läsa för mig? frågade flickan sedan.

– Självklart hjärtat, sa Annika.

Sedan gick de upp till sovrummet, Lilja kröp ner under täcket och Annika satte sig bredvid. Beväpnad med Tummelisa började hon att läsa för dottern med en inlevelse många skulle avundas henne. När dottern sedan somnat tassade hon ner till undervåningen igen och bestämde sig rätt och slätt att hon nu skulle laga jackan med tyglappen. Så hon tog nål och tråd och sydde ihop den. Hängde sedan upp den vid trappan och gav den en sista titt, det fick helt enkelt bära eller brista. Hon gäspade och släckte sedan nedervåningen, gick tillbaka upp och gjorde sig redo för att sova.

Hanna satt återigen i sitt fönster och tittade på den stjärnklara himlen. Middagen hade blivit toppen med sällskap av storasystrarna. Sedan hade det blivit uppvisning av ett antal akrobater och därefter te på terrassen. Hon plockade upp en bok som låg vid fötterna och öppnade den. Hennes dagbok som hon skrivit i sedan hon var fem år. Handstilen blev bara finare och finare för varje år som gick. Hon var ingen regelbunden skrivare, så till vida att hon skrev varje kväll om vad som hänt henne. Det skulle trötta ut den människa som av någon anledning kom över hennes dagbok. Hennes liv handlade övervägande om kungliga studier för att kunna bli en riktig och rätt drottning i framtiden. Idag tänkte hon bara skriva ett par rader om att de faktiskt fick den stora äran att ha storasystrarna på besök. Deras besök skrev hon alltid ner för att hålla koll på hur lång tid det gick emellan, ingen speciell anledning egentligen men hon tyckte det var roligt när uppdateringarna blev nära varandra. Hon satte punkt och la ifrån sig boken igen. Kvävde en gäspning och tittade ut igen. Himlen denna kväll var magisk så hon hade ingen riktig lust att sova men hon måste då by-balen var nästkommande dag och hon om någon ville vara utvilad. Hon suckade och tittade en sista gång mot himlen innan hon hoppade ner från fönsterbänken. Så gick hon bort till sin garderob, plockade fram ett av sina nattlinnen och klädde om.

Kapitel Tre

Annika vaknade av att Lilja hoppade upp och ner i sängen och gjorde allt hon kunde för att hennes mamma skulle vakna.

– Okej, okej, jag är vaken, skrattade Annika och satte sig upp.

– Äntligen, skynda nu, vi måste hinna äta innan vi kommer försent! sa Lilja.

Annika vände sig till klockan på nattygsbordet och såg till sin förskräckelse att klockan var tio över sju. Så hon flög upp ur sängen och slet åt sig sina kläder.

– Är du klar för att äta frukost Lilja? ropade hon bakom sin rygg.

– Japp! sa dottern stolt.

– Bra, jag är klar om fem minuter!

Det sista Annika hörde innan badrumsdörren gick igen var dotterns klingande skratt genom lägenheten.

Annika log när dörren gick igen bakom henne med ett tyst klick. Dottern var det finaste hon hade och troligtvis det finaste hon någonsin skulle få. Eller nej, det fanns en annan sak som skulle vara det finaste hon skulle kunna få. Ett minne rullades upp för Annikas ögon. Hon hade just fått reda på att hon var gravid igen, med Lilja. Men när hon senare berättade detta för maken, gick han i taket. Misstaget för tolv år sedan som gett dem den vackraste flickan i hela världen var redan för mycket för ekonomin sa han. Han hotade henne till livet om hon inte gjorde abort, antingen gick hon till sjukhuset eller så skulle han göra det själv. Men hans aggressivitet hade blivit för mycket och han hade stormat ut från huset innan hon gett sitt svar. Han kom inte tillbaka på hela dagen och Annika hade haft en orolig klump i magen samtidigt som hon gjorde allt för att hålla såg neutral omkring Alise. Senare på natten bröt han sig in, tog allt som var hans och pengar men värst av allt, Alise. Han slet upp henne från Annikas armar och släpade ut henne ur huset. Annika hade blivit så paralyserad att hon bara suttit där i sängen medan hennes dotters skrik efter henne ringde i öronen. Annika kom tillbaka till nuet och stirrade framför sig medan hon kände varma tårar falla nedför kinderna. Nu var det sju och ett halvt år sedan hon fått se sin äldsta dotter. Alise var lika gammal som de kungliga tvillingarna. Så hon skulle fylla tretton till hösten. Annika hade ingen aning om var hon kunde befinna sig, hon hade letat över hela Vivalencia så länge som hennes kropp orkat. Annika torkade bort tårarna med handduken, drog på sig kläderna och klev ut från badrummet. Så tog hon trappan ner två steg i taget. Lilja satt vid det lilla köksbordet när hon klev in i köket. Annika plockade fram mjölk, flingor, en skål och en sked till Lilja och gjorde snabbt iordning det och ställde det sedan framför dottern.

– Ska inte du äta mamma? frågade Lilja.

– Jag äter när jag kommer hem igen, det viktigaste nu är att du får i dig frukost! sa Annika.

Lilja nickade och fortsatte sedan äta flingorna. Annika slog sig ner mittemot dottern, tittade på henne på avstånd, hon var så lik sin storasyster. Trots att Alise hade guldblont och Lilja mörkbrunt, nästan svart hår, så var det samma himmelsblåa ögon, samma skrattgropar, samma vänlighet. Hon var storasyster upp i dagen, vilket blev mamma upp i dagen. Dragen av fadern låg ännu gömda men någon gång skulle även dem visa sig, hon kunde inte fått två flickor som var precis som sin mamma. Hon kunde inte ha haft den turen, dragen måste finnas hos både Alise och Lilja.

– Mamma, jag är klar!

Annika blinkade och tittade på dottern, flingorna var uppätna.

– Bra, gå och packa ryggsäcken så tar jag fram jacka och skor, sa Annika.

– Visst mamma, sa Lilja och sprang ut från köket. Annika tog skålen och sköljde snabbt ur den innan hon gick ut i hallen och tog ner dotterns jacka och ställde fram hennes skor. Då deras hall var lika med affären så fick de hänga ytterkläder och skor lite mer diskret. Lilja kom ner för trappan, drog på sig jackan och hoppade i skorna. Sedan tittade hon upp på mamma med ett höjt ögonbryn. Annika satte snabbt på sig jackan och tog ett par skor. Sedan klev de ut, Annika låste och de började gå bort mot Viva-fris skola.

Vagnen gled upp framför den kungliga förberedelseakademin i utkanten av Vivalencia.

Prinsessan Hanna och prins Hugo klev av vagnen och gick mot portarna in till skolan.

– Hanna?

Hanna vände sig om och såg prinsessan Lia komma mot henne med sin tvillingbror bakom sig.

– Tja Hugo! sa Aleksander.

– Tjena! sa Hugo.

Prinsessorna tittade på sina bröder när de gjorde en high-five och gick sedan in i skolan.

– Ibland tror jag knappast min bror är av kunglig börd, sa Lia.

– Förstår dig precis, ändå är de dem som ska ärva tronen till våra kungariken och vi gifter in oss i andra, sa Hanna.

– Eller hur, helt galet, varför får inte vi ta över våra kungariken.

– Trista lagar som ingen vill ändra på.

– Så är det väl.

De skrattade och gick sedan in på skolan. Där möttes de direkt av prinsessorna Kassandra, Elise, Anna och Sofia.

– Hanna, vi längtar till balen ikväll, sa Sofia.

– Det gör jag också! sa Hanna.

– Det var så snällt av dina föräldrar att bjuda in oss också.

– Verkligen, tänk om du varit tvungen att dansa med by-folk, sa Kassandra och rynkade på näsan.

– Det hade verkligen inte gjort mig något.

– Inte, herregud, jag skulle aldrig gå så lågt som att dansa med en by-människa.

– Men kom igen Kassandra, de är människor precis som oss, vi råkar bara bo lite finare.

– Du kommer bli en fantastisk drottning prinsessan Hanna!

Tjejerna ryckte till och hoppade runt, framför dem stod Mrs Devali.

– God morgon Mrs Devali, sa Hanna.

– God morgon flickor, sa Mrs Devali. Nu tror jag det är dags för er att gå till första lektionen.

Hanna tittade på klockan och såg att den närmade sig halv nio.

– Ja, självklart Mrs Devali, sa hon.

Sedan drog hon med sig kompisarna för att starta dagen.

Annika satt på andra raden i Viva-fris stora idrottshall, hon hade Klaras mamma bredvid sig och flickorna var mitt uppe i föreställningen. Hennes lilla Lilja var fantastiskt duktig och Annika kunde inte vara mer stolt. Något som överraskat henne var att hela kungafamiljen var med. Hon visste att Viva-fri alltid bjöd in kungligheterna när det var stora föreställningar men ofta hade de avböjt men nu var alla här, inklusive Claudia och Carolina. Barnen gjorde de sista andan-i-halsen volterna och log sedan stort mot publiken. Annika och Linda reste sig och klappade händerna och de följdes snart av många andra. Hon såg sin Lilja skratta och sedan springa med klassen mot omklädningsrummen.

– De blir bara bättre och bättre, sa Linda.

– Verkligen! höll Annika med.

– Men nu blir det väl ompackning för dig och Lilja samt promenad till slottet va?

– Japp och jag är livrädd för att kungen inte ska tycka om min korrigering!

– Äsch, sluta oroa dig, jackan såg ju jättebra ut!

– Tyckte du ja, men du är inte av kunglig börd eller för den delen kung som med en knäppning med fingrarna kan få mig kastad i finkan.

– Men lägg av nu Annika, du kommer inte slängas i finkan!

– Men, men…

– Mamma, jag är klar nu, ska vi gå?

Annika vände sig om mot dottern som kommit ut från omklädningsrummet med uppträdningskläderna i ryggsäcken.

– Visst gumman, sa Annika.

– Men först måste vi hem och lämna min ryggsäck, sa Lilja.

– Ja, och hämta jackan.

– Ja, det också!

Lilja log stort vid tanken på att få följa med sin mamma till slottet. Annika log och tog dotterns hand.

– Vi ses, sa Annika och nickade åt Linda.

– Klart, jag vill höra hur det gick! sa Linda.

Annika skrattade och så lämnade hon och Lilja idrottshallen. De rörde sig snabbt hem, packade om och begav sig till slottet. När de anlände blev de välkomnade av intendenten Severin som sedan ledde dem till tronsalen. Lilja höll sin mamma hårt i handen medan de gick genom slottet, hon sög åt sig intryck som en svamp suger åt sig vatten när den läggs i blöt. De anlände till tronsalen, Annika och Lilja neg åt kungligheterna. Sedan bar Annika fram den inplastade jackan och räckte fram den mot kungen. Han tog emot den och tog bort plasten, vek ut den och drog på sig den. Annika bet sig i underläppen, tittade från kungen till drottningen och tillbaka. Drottningen gav sin make och jackan en granskande blick. För henne var det klart var jackan varit trasig men det såg absolut inte dumt ut. Hon mötte sin mans blick och båda vände sig till Annika. Lilja kom fram till sin mamma och tog hennes hand, tittade nervöst upp på det kungliga paret. Sedan log både kungen och drottningen.

– Underbart jobb Miss Cederholm, sa kungen.

– Tusen tack Ers majestät, sa Annika.

– Underbar idé att använda Vivalencias vapen som tyg för att laga ärmen, sa drottningen.

– Tackar, Ers majestät.

– Jag måste säga, Miss Cederholm, för att ha fått in jackan igår så löste ni det fort och mycket professionellt, sa kungen.

– Tack igen Ers majestät, sa Annika.

– Uppvisningen idag var enastående, din dotter var fantastisk! sa drottningen.

Annika tittade ner på Lilja som log blygt och hade blivit lätt röd om kinderna.

– Nå Lilja, vad säger man? sa Annika.

– Tack så mycket Ers majestät, sa Lilja, tittade snabbt upp innan blicken föll i golvet igen.

– Jag tror det är dags för oss att lämna nu.

– Javisst, ni kommer väl till balen ikväll? sa kungen.

– Det är något vi inte skulle missa för allt i världen.

Så neg de än en gång för kungligheterna och blev sedan eskorterade ut ur slottet av Severin.

Samtidigt i utkanten av Vivalencia i ett två-våningshus av timmer satt en ung flicka med guldblont hår, himmelsblå ögon och hy som elfenben och drömde om ett liv utanför timret. Hon hade suttit fast i samma rum, i samma hus i snart åtta år. Natten hennes far slet henne från hennes mor spelades upp varje natt i vilken dröm hon än hade. Men hon hade inte något annat än mardrömmar så den passade varje natt.

– Alise, stumpan?

Alise vände sig om och stirrade på mannen framför henne, han som ska föreställa hennes pappa, han som ska vara den starka förebilden i hennes liv, han som skulle vara hennes trygghet för alla faror utanför. Det visade sig att den största faran hon skulle möta var hennes pappa.

– Alise, svara mig när jag pratar med dig, sa mannen. Alise blinkade, kom tillbaka, hade glömt att denna man stod framför henne nu.

– Ja far? sa hon.

– Äsch varför så formell, du är ingen prinsessa heller! Sa mannen och viftade undan hennes ord.

– Om far inte tål att jag pratar som jag vill så måste jag be far lämna eller prata utan svar.

– Fy fan Alise, allt detta för att din mamma är en jävla hora?

Alise stirrade in i mannens nötbruna ögon, de var nästan svarta, liksom hans hjärta.

– För din information så var det barnet även ditt, mamma skulle aldrig vara otrogen mot dig, hon älskade dig, sa Alise, utan att höja rösten.

– Älskade mig? Hah! Då hade hon tagit bort det där missfostret direkt!

– Hur vet du att barnet är ett missfoster, du har aldrig sett honom eller henne?

– Undrar om jag ska ta en promenad till staden då och se om det är en han eller hon, och kanske säga hej till min kära exfru.

Alise såg leendet i mungipan och mörkret i ögonen så hon reagerade direkt och kastade sig mot sin far. Men han vräkte bara undan henne och smällde igen dörren och låste. Hon kastade sig mot dörren med tårar forsande nedför kinderna och skrek.

Hanna satt vid sitt sminkbord, drog upp håret i en svans men drog ur tofsen nästa sekund.

– Problem, syrran?

Hanna vände sig om och såg Claudia, suckade och nickade. Claudia skrattade och gick fram till Hanna. Drog ut en av de övre lådorna i sminkbordet och plockade upp ett hårsmycke.

– Ett av dessa ska du ha, så matchar du dina storasystrar, sa Claudia.

– Okej, det blir bra! sa Hanna.

– Är ni klara eller?

Hanna tittade i spegeln och såg Hugo stå och trampa i öppningen till hennes rum. Systrarna skrattade, Hanna tog en sista titt i spegeln och reste sig sedan.

– Japp, vi är klara, sa hon.

– Äntligen! Kom, de väntar på oss! sa Hugo.

Syskonen skyndade sig bort till trappan som ledde ner till stora salen. Hanna tittade över räcket och såg att hela salen var fylld.

– Det är många som älskar denna fest och Vivalencia är galet stort, viskade Hugo i hennes öra.

Hon bara nickade till svar. Sedan vände hon sig mot Severin som just presenterade deras föräldrar. Sedan presenterade han storasystrarna och sist tvillingarna.

– Så sist men inte minst, de kungliga tvillingarna Hanna Evangeline Lilly och Hugo Gabriel Emanuel, prinsessa och kronprins av Vivalencia, sa Severin. Hugo sträckte ut handen mot henne och hon tog den lätt. Sedan seglade de graciöst nedför trappan och bort till sin familj. Deras far harklade sig och vände sig mot folket.

– Välkomna till årets bal allihop, ikväll ska det ätas och drickas gott och dansas massor. Vi, min familj och jag, är mycket glada över att kunna göra detta för er varje år, sa han.

Jublande applåder ljöd genom hela salen och sedan serverades den årliga tårtan som i år hade chokladfyllning med ett täcke av jordgubbar. Den smakade utsökt. Sedan började orkestern spela och alla i salen att dansa. Hugo och Hanna letade upp sina vänner och de unga herrarna bjöd upp en varsin ung dam. Vid sista dansen lyckades syskonen få varandra som partner.

– Har du det trevligt, syrran? frågade Hugo.

– Självklart, som alltid, själv då? sa Hanna.

– Toppen, speciellt maten.

Hanna himlade med ögonen åt sin alltid lika hungriga bror. När de plötsligt stannade tittade hon frågande på honom och såg att han stirrade på något bakom hennes rygg. Hon släppte honom och vände sig om. En bit bort stod en kvinna med turkosfärgad klänning, det guldblonda håret i en snygg uppsättning och med en hand hårt omsluten om en mindre. Flickan som stod bredvid var klädd i en färg som nog var lavendel och ett gulligt diadem i håret.

— Är inte det sömmerskan i byn? viskade Hugo.

— Jo, har för mig att hon heter Cederholm i efternamn, sa Hanna.

— Förnamn?

— Ingen aning, borde väl du veta, du som ska ta över Vivalencia? Varför vill du veta det ens?

— Okej, nej, vet inte.

— Lägg av, nej Hugo!

— Va?

— Crush?

— Va, nej, klart inte!

— Nej, visst.

Hanna höjde roat högra ögonbrynet när hennes bror blev alldeles röd i ansiktet.

– Men kom igen, vi går dit och berömmer lilltjejen för framträdandet idag! sa Hanna.

– Nej, gå du!

– Fegis.

Hanna väntade inte på svar utan styrde stegen mot Annika. Hon ställde sig diskret bredvid och tog utav bålen. Hanna smuttade på drinken, tittade på Annika och sedan på Lilja som tittade tillbaka på henne med stora ögon.

– Tycker du min klänning är fin? sa Hanna.

Lilja tittade upp från klänningen, tryckte sig ännu lite närmare sin mamma men nickade sakta.

– Tack, din är också jättefin, sa Hanna.

– Tycker du? viskade flickan.

– Det är väl klart.

– Mamma har gjort den.

Lilja ryckte lite i sin mammas arm och Annika vände sig bort från Linda och upptäckte prinsessan.

– Ers höghet, förlåt, jag såg er inte, sa Annika ursäktande.

– Det gör inget, ni lyckades mycket bra med att laga pappas jacka, sa Hanna.

– Tack så mycket, Ers höghet.

– Nej, snälla, säg inte Ers höghet efter varje mening, det är något som måste göras mot mina föräldrar men inte mot mig.

– Okej, skönt, det är lite jobbigt.

– Jag kan allt tro det men jag kom hit för att berätta att er föreställning tidigare idag var fenomenal, vi blev jätteimponerade av hur bra ni var!

Hanna tittade ner på Lilja som log stolt.

– Tack så mycket, sa flickan.

– Förlåt att jag säger detta, Ers höghet, men jag trodde ärligt talat inte att ni skulle komma. Ni brukar inte göra det, sa Annika.

Hanna skulle just svara, när en röst bakom hennes hann före.

– Det är inget att be om förlåtelse för, vi är väl medvetna om det och tycker att det är förskräckligt.

– Vi vill gärna vara med mer och se vad alla gör.

Hanna svängde runt och såg att hennes mor kommit fram till dem.

– Oj, Ers majestät, det är bra att veta, för alla i Vivalencia tror inte ni bryr er faktiskt, sa Annika med sänkt tonläge.

– Va? Ojdå, det lär vi ändra på direkt.

Så försvann drottningen iväg. Hanna log snett, förmodligen för att leta efter sin make och informera honom om läget.

– Så nu lär vi se er oftare, va? sa Annika.

– Japp, det stämmer nog mycket bra. Ni kan inte komma till slottet men vi kan ju komma till byn, sa Hanna.

Därefter blev Hanna än en gång uppbjuden på golvet av sin bror, så de sa adjö och hon följde med Hugo mot mitten av dansgolvet.

Kapitel Fyra

Han hade lämnat för tjugo minuter sedan. Alise satt vid fönstret, tittade ut i mörkret. Långt där borta såg hon ljus. Idag var den årliga balen för Vivalencias alla invånare, hon hade inte gått på den de senaste sju åren. Hon hade älskat det, fått se allt flott i slottet och fått dansa i den vackert dekorerade stora salen. Hon suckade tungt och tittade bort mot dörren, så många gånger som hon försökt dyrka upp låset med en hårnål. Det funkade aldrig, bara på film. Hon reste sig och gick bort till dörren, kanske hade hennes tur vänt. Hon tog upp hårnålen som låg inkilad mellan timret. Sakta och tyst påbörjade hon sina försök att dyrka upp dörren. Det var knäpptyst i hela huset och hon funderade på hur hon skulle ta sig till byn. Det kanske fanns en häst hon kunde köpa, förhoppningsvis hade inte hennes far tagit alla pengar. Plötsligt hördes det ett klick och Alise tryckte ner handtaget. Dörren gick upp. Hon hade lyckats. Alise flög upp på fötterna och hoppade upp och ner. Sedan samlade hon sig snabbt, ryckte åt sig lite grejer, tryckte ner det i en ryggsäck och klev ut från rummet. Drog igen dörren och låste. Så skyndade hon sig ner till undervåningen, gick igenom köket, fann burken med pengar och tog en näve. Rusade ut ur huset, fann stallet, gav hästskötaren pengarna, hoppade upp på en häst som snabbt närmat sig henne när hon kommit och satte av i full fart mot byn. Den mesiga tofsen som satt i hennes hår slets loss av vinden och hennes midjelånga hår flög nu fritt. Hon slet i tyglarna och fick hästen att stanna just i porten till "inre" Vivalencia, byn och slottet. Hon drog ett djupt andetag och satte av igen. Flög genom de ekande tomma gatorna, alla var förstås på balen, inklusive hennes mor. Hon var snart framme vid slottet, satte av hästen och knöt fast den utanför portarna. Så gick hon över innergården, uppför trappan och fram till dörren. En knackning och dörren åkte upp.

– Kan jag hjälpa till? frågade mannen framför henne.

– Ja, jag ska till balen, sa Alise.

Mannen synade hennes klänning uppifrån och ner.

– Inte i dem kläderna tyvärr miss, sa han.

– Men snälla, jag måste in.

– Tyvärr, det går inte.

– Snälla, min mamma är där inne och jag har inte sett henne på över sju år!

– Allt okej, Severin?

Mannen, eller Severin, vände sig om och Alise såg att det var prinsessan.

– Nej, faktiskt inte Ers höghet, jag kan inte bara släppa in denna unga dam klädd sådär, sa Severin och pekade på Alise.

Prinsessan kom fram till Alise och synade hennes klänning uppifrån och ner.

– Nej, inte in i stora salen men det går att ordna, sa Hanna.

– Men Ers höghet, ni kan väl inte mena att ni tänker låta en vanlig människa bära en av era vackra klänningar?

– Jag hörde att hon ville träffa sin mamma och att hon inte gjort det på sju år, det är bevis nog att hon allt kan få låna en av mina klänningar för en kväll.

– Åh, tusen tack Ers höghet! utropade Alise och kastade sig om halsen på Hanna.

– Såja, men kom igen, nu ska vi få dig fin!

Så de skyndade sig iväg medan Severin bara skakade på huvudet.

Annika avslutade just en dans med Liljas magister, Lilja hade gömt sig bakom några blommor när han klivit fram och frågat om en dans.

– Ni dansar fantastiskt miss Cederholm, sa han och kysste hennes hand.

– Tackar, ni är inte så dålig själv mister Edenfalt, sa hon och rodnade lätt.

Så avlägsnade han sig och Annika jagade fram Lilja från blommorna.

– Varför dansar inte du så mycket hjärtat? frågade Annika.

– Ingen som frågar, sa Lilja.

– Men du kan väl dansa med Klara, Emelie och Felicia?

– Jo, det förstås.

Så sprang flickan iväg mot sina kompisar och de satte igång att dansa. Annika lutade sig mot en pelare och tittade ut över folkhavet.

– Det är häftigt med så mycket människor i ett rum.

Annika hoppade till och såg att prinsessan Hanna stod bredvid henne.

– Åh, prinsessan Hanna, ni skrämde mig, sa hon.

– Ledsen, det var absolut inte meningen. Men jag har någon här som ni kanske vill träffa?

Annika höjde frågande ögonbrynet medan Hanna vinkade fram någon. När flickan kom i ljuset trodde Annika att hennes hjärta skulle stanna. Framför henne i en helt gudomlig klänning och håret fallet över axlarna stod hennes älskade Alise.

– Mamma? sa Alise.

– Åh, Alise, sa Annika, rusade fram till dottern och omfamnade henne.

Tårarna började rinna ostoppbart medan hon kramade sin älskade, saknade dotter. Hon kysste flickan på hjässan och tittade henne sedan i ögonen.

– Hur lyckades du rymma? frågade hon.

– Pappa hade lämnat huset och jag lyckades ta mig ut från rummet, där jag varit inlåst i sju år, sa Alise.

– Vänta, va? utbrast Hanna. Har du varit inlåst i sju år?

Alise nickade tyst medan hon tryckte sig allt mer mot sin mamma. Framför henne stod prinsessan, helt mållös.

– Detta ska människan som gjort det få sota för, sa Hanna.

– Det är ingen idé Ers höghet, han överlistar allt, sa Alise.

– Han överlistar inte vår fängelsehåla, där ska han allt få rutna.

– Ni är mycket vänlig Ers höghet, men det går inte. Han kommer rymma, han kommer att klara allt, vad ni än gör mot honom.

– Varför, är han någon form av magiker?

– Jag vet inte, men han kan ta sig ur allt som någon gör mot honom.

– Men, herregud Alise, vad kommer hända när han upptäcker att du är borta? sa Annika skärrat.

– Han kommer leta efter mig och första stället kommer vara hos dig mamma, sa Alise.

– Åh herregud, vad ska vi göra?

– Mamma, vem är det där?

Annika släppte Alise och vände sig till Lilja, drog flickan till sig och log.

– Detta, Lilja, är din storasyster Alise, sa Annika.

– Allvar? sa Lilja och stirrade på Alise med ett fånigt leende.

– Ja, stumpan, sa Annika.

– Så detta är missfostret, sa Alise.

– Missfostret? viskade Lilja medan tårar formade sig i hennes ögon.

– Alise! utbrast Annika förskräckt.

– Nej, förlåt mig, det var pappas ord, det är vad han kallar Lilja. Vilket underbart namn på en underbar liten tjej.

Alise satte sig ner på huk och drog in Lilja i sin famn. Lilja stod till en början helt förstenad i sin storasysters famn men sedan snurrade hon sina armar runt Alises hals och tryckte sig nära.

– Jag har en storasyster, sa hon.

– Jag har en lillasyster, sa Alise.

Hanna tittade på den lilla familjen som nu tillsammans med många lämnade slottet efter en riktigt lyckad bal.

– Vet du, syrran? sa Hugo som stod bredvid henne.

– Nej, vad då? sa hon.

– Denna bal blev nog den mest lyckade någonsin!

– Ja, det blev den nog.

Hannas blick låg fortfarande på den lilla familjen. Hon höll med Hugo till fullo, alla hade haft det jättetrevligt men framför allt, en familj hade blivit hel.

– Seriöst syrran, hallå, jorden till Hanna!

Hon blinkade till och ryckte till när hon såg Hugo bara några centimeter från hennes ansikte. Hon tittade sig omkring och märkte att hela familjen hade börjat röra sig inåt.

– Jag hoppas inte du har någon galen idé om att sova utomhus Hanna, sa hennes pappa.

– Nej, jag var bara lite borta i tankarna, sa Hanna.

– Det kan man lugnt säga, sa Hugo.

– En pojke? sa storasystrarna i kör.

– Nej, en återförening av en familj. Pappa, hade vi något ärende för ungefär sju år sedan med en galen snubbe som kidnappat sin dotter och misshandlat sin fru?

Hennes far frös i steget och vände sig mot sin yngsta dotter.

– Nej, det kan jag inte minnas, varför frågade du Hanna? sa han.

– Jag hjälpte dottern Alise att återförenas med sin mamma idag på balen och gissa vem som är mamman?

– Ingen aning, vem?

– Annika Cederholm.

– Sömmerskan? sa Hugo förvånat.

– Japp. Severin höll på att inte släppa in henne, dottern alltså, tänk vad som kunnat hända då. Men pappa, jag är fortfarande orolig, Alises pappa verkar farlig.

– Okej, vi får se vad vi kan göra.

Sedan fortsatte han tillsammans med resten av familjen mot sovrumsflygeln. Hanna stod själv kvar i tronsalen, hon skulle aldrig kunna somna med detta i sitt medvetande. Hennes pappa skulle inte skynda med skydd när det gällde något som han inte hade full koll på. Hon suckade demonstrativt, stampade med ena foten i golvet och ville skrika rätt ut.

– Prinsessan Hanna, borde inte ni vara på väg i säng? Hanna snurrade runt och upptäckte en av hennes mors kammarjungfrur, turligt nog var det bara Anastacia som var den enda som Hanna stod ut med.

– Hej Anastacia, jo jag borde vara på väg i säng men jag kommer inte kunna sova, sa Hanna.

– Varför inte?

– Det hände en grej på balen.

– Något du vill dela med dig av?

– Nja, jag vet inte Anastacia, det känns ganska meningslöst.

Hon suckade, vände kvinnan ryggen och gick sin väg.

Kapitel Fem

När Annika vaknade nästa dag trodde hon inte sina ögon när hon tittade mot andra sängen. Det hade inte varit en galen dröm, det var på riktigt. Hennes äldsta dotter var hos henne igen och sov nu lugnt och stilla i sängen mittemot henne. Annika reste sig försiktigt upp och tog med kläderna till badrummet. Tio minuter senare klev hon ut och tassade tillbaka in i sovrummet, la undan nattlinnet, bäddade sängen och beskådade sedan sina två sovande döttrar. Nu var hennes liv rätt igen. Men en gnagande oro ville inte lämna henne, hon visste att han skulle komma efter henne. Hon gick ut från sovrummet och ner för trappan. Hon startade kaffebryggaren, tog fram ägg och ställde stekpannan på spisen. Hon knäckte ner äggen och rörde dem till en äggröra. Tog fram smör och bröd, drog pannan av spisen och delade upp maten. Ställde sedan allt på bordet och gick tillbaka upp. Hon började med Lilja.

– Stumpan, dags att vakna, jag har gjort frukost, viskade Annika.

– Mmm, visst mamma, sa flickan, sträckte på sig och
gäspade.

Lilja reste sig och klädde sig. Annika gick runt till
Alise och satte sig försiktigt ner på sängkanten. Hon
sträckte fram handen och strök bort några hårstrån från
flickans panna.

– Alise gumman, vakna, frukosten är klar, sa hon
mjukt.

– Mmm, va, frukost? mumlade flickan.

– Ja, frukost. Kom ner när du är klar.

– Mmm.

Annika reste sig och lämnade rummet. Hon tänkte inte
stressa Alise till att kliva upp, hon hade just rymt från
sin far och funnit sin mamma, hon var nog omtumlad.

– Mamma, ska inte Alise äta frukost? frågade Lilja.

– Jo, hon kommer ner, sa Annika och satte sig.

– Det är jättehäftigt mamma, att jag har en storasyster.

– Visst är det hjärtat, nu finns det någon mer som kan
hjälpa mig med ditt hår!

Lilja fnittrade och tittade sedan mot trappan som hade
knarrat och meddelat att Alise var nere.

– God morgon mamma, sa Alise, gnuggade sig i ögonen och gäspade.

– God morgon gumman, sovit gott? sa Annika.

– Fantastiskt men jag är fortfarande jättetrött ändå.

– Det märks, skrattade Lilja.

Alise gäspade igen och puttade sedan lite lätt på sin lillasyster.

– Du kommer bli likadan när du är i min ålder, sa hon.

– Det hoppas jag verkligen inte! sa Annika.

– Nej, jag kommer alltid vara en morgonpigg människa!

– Tur för dig.

Sedan åt de resten av frukosten under tystnad. Därefter hjälptes dem åt att plocka undan, Lilja ville så gärna visa Alise runt i byn och de lovade att vara försiktiga. Så efter en monolog om säkerhet släppte hon iväg dem medan hon själv tog tag i lite arbete.

Frukosten var även förbi uppe på slottet. Hanna och hennes systrar var snart på väg mot shopping inför Hannas avslutning. Alla tre hade försökt få med deras bror på shopping också men han vägrade högt och ljudligt. Hanna stod för närvarande framför sin helkroppsspegel och satte upp det askblonda håret i en hög svans. En knackning fick henne att vända sig om.

– Kom in, sa hon.

Dubbeldörrarna drog åt varsitt håll och hennes pappa klev in. Hanna gick bort till sminkbordet där hon även förvarade de smycken hon använde mest.

– Hanna, du frågade mig igår om vi hade haft ett ärende för fem år sedan med kidnappning och misshandel, började hennes pappa.

– Ja? sa Hanna, vände sig mot honom och knäppte halsbandet.

– Det visade sig att jag hade fel, vi fick ett ärende om det men däremot blev det aldrig någon rättegång.

– Varför inte?

– Han försvann.

– Tillsammans med Alise, hon hade rätt.

– Om vad?

– Om honom. Hon berättade att han kunde komma undan allt, vad vi än skulle försöka göra för att fånga honom, han skulle alltid kunna smita.

– Aj då, okej vi lär undersöka mer i detta.

– Och under tiden?

Kung Perelius tittade frågande på sin dotter, Hanna himlade med ögonen och skulle just fortsätta när Claudia och Carolina klev in i hennes sovrum.

– Är du klar för att åka, syrran? frågade Carolina.

– Under tiden får Annika, Alise och Lilja skydd, sa Hanna och struntade i systrarna.

– Hur ska vi veta om han verkligen slår till? frågade fadern.

– För att jag tror på Alise, jag ser att hon talar sanning.

– Hanna, jag förstår att du vill deras bästa men…

– Men vad?! skrek hon.

Dålig sömn och oro var ingen bra kombination så hennes stubin var ultra kort idag.

– Ger vi skydd åt en familj kommer snart fler komma och påpeka att de blir förföljda och vill ha skydd eller något annat, sa Perelius.

– När kommer Chantell tillbaka?

– Ingen aning, varför frågar du?

– Låt Annika få bli den kungliga sömmerskan tills Chantell är tillbaka.

– Sedan ska vi bara kasta ut Annika?

– Chantell brukar vara borta i månader och han har förmodligen gett upp då, så det är säkert för dem att återvända.

– Tror du de kommer vilja återvända?

– Men kom igen pappa, Annika har väl nog förstånd…

– Hon har säkert det, men jag vet inte om du har det.

– Nähä? Varför inte?

– Du förstår väl att det blir väldigt konstigt om Annika hastigt och lustigt får arbete vid hovet medan vi fortfarande har Chantell, även om hon är bortrest.

– Nej, jag fattar inte, jag fattar inte vad som är så konstigt med det?

– Var ska alla i byn gå om deras kläder går sönder? Vi har en kunglig sömmerska för att vi ska slippa att skicka kläderna till byn där det redan finns tillräckligt med människor som har sönder sina kläder.

Vid det här laget var Hanna högröd i ansiktet och dessvärre hade hon nu inget svar till sin pappa. Han hade rätt, de kunde inte ta emot alla medborgarnas kläder som de ville att Annika skulle laga. Så resolut slet hon åt sig en vas, kastade den i golvet och stormade ut från rummet. Systrarna stirrade efter henne och vände sig sedan till pölen och det krossade glaset, en halvmeter ifrån deras pappas fötter.

– Jag tror det är bäst att ni följer efter er lillasyster, se till att hon inte har sönder något mer men framför allt, få henne på bättre humör, sa han och tittade på sina två drottningar till döttrar.

– Självklart pappa, sa de i kör och skyndade sig efter Hanna.

Flickorna hade varit borta fram tills mitten av eftermiddagen. Gett deras mamma en orosklump i magen men försäkrat henne när de kommit hem att de mådde toppen. Just nu satt Annika med en elfenbensvit bröllopsklänning upp över öronen som skulle vara klar till nästa lördag. En av Liljas kompisars mamma skulle gifta sig på nytt och hade bett Annika göra klänningen. Det var antingen det eller att hon hade fått beställa från någon annan sömmerska. Annika hjälpte självklart till, varför beställa från någon annan när byn du bor i ändå har en egen syateljé.

– Du, mamma?

Annika tittade upp från klänningen och såg Alise framför sig.

– Ja gumman? sa hon.

– Vad hände mellan dig och pappa? frågade Alise och satte sig mittemot sin mamma.

Annika la undan klänningen, suckade och vände sig till sin äldsta dotter.

– Han ville inte ha Lilja, sa hon.

Alise ögon dubblades av förvåning och förskräckelse, varför visste hon inte eftersom hennes pappa bara pratat illa om Lilja, fast han inte visste något om henne. Inte ens att hon var en hon.

– Du verkar bli överraskad, sa Annika.

– Ja, konstigt nog, han sa inget annat än dåliga saker om Lilja. Jag har nog hört de flesta groteska historierna som någonsin gjorts upp.

– Allt handlade om Lilja?

– Japp, eller dig.

– Mig?

Alise nickade sakta, Annika såg förbryllat på henne.

– Pappa tycker du förrådde honom när du vägrade ge upp Lilja, han kallar henne hela tiden för missfoster fast jag varje gång påminner honom om att Lilja är lika mycket hans som din, mamma.

Annika sjönk ihop, slog händerna för ansiktet och tryckte tillbaka tårarna som ville forsa nedför kinderna. Inte bara Alise var nu i fara utan alla tre, hur skulle de kunna visa sig ute utan att behöva vara livrädda för att de skulle möta honom? När hon kände ett par armar runt sig tittade hon mellan fingrarna och såg Alise. Hon släppte ner händerna och slog dem istället runt dottern.

– Jag är rädd mamma, sa Alise.

Annika tittade på dottern.

– Jag är rädd att han ska komma om natten och slita bort mig från dig igen. Han kanske tar Lilja och om han skulle skada henne skulle jag aldrig kunna leva med mig själv, sa hon.

Annika höll dottern närmare sig, Alise grät mot hennes axel, hickade av ansträngning. Annika kollade över Alises axel, på en prick i väggen. Vad skulle hon göra för att Alise skulle kunna känna sig trygg hos henne? Hon var tvungen att göra något, hon visste att han skulle leta efter henne. Han var förmodligen redan på gång. Alise hade slutat gråta och lyfte nu på huvudet. Annika strök bort de kvarvarande tårarna på flickans kinder och kysste henne på pannan.

– Vi ska fixa detta hjärtat. Det lovar jag, sa hon.

– Tack mamma, sa Alise.

– Alltid.

Så klev Alise ur sin mammas famn och styrde stegen mot trappan. Annika tittade efter henne och tog sedan upp bröllopsklänningen igen för att fortsätta.

Hennes humör hade förbättrats så fort systrarna åkt iväg från slottet. Att få umgås med storasystrarna på egen hand var något Hanna uppskattade mycket. Det hade blivit en lyckad shoppingtur också. Hon hade hittat en perfekt klänning till avslutningen och denna avslutning var lite speciell då hon och hennes bror skulle flytta över till akademins flygel för högre studier. Hon visste att ju närmare de kom deras 18:e födelsedag, desto seriösare blev studierna och lärarna. Hon själv behövde inte vara så orolig, hon skulle fortfarande få fortsätta med viktiga studier om det kungliga livet i allmänhet. Men Hugo, som en dag ska ta över Vivalencia, måste gå djupt ner i böckerna för att lära sig allt han kan om deras rike och dess historia. Hon satte sig ner på fönsterbänken i sitt rum och kollade ut över Vivalencia. Det var ett mycket vackert land med böljande kullar och blommande landskap. En knackning fick henne att vända på huvudet, Hugo klev in på hennes rum med ett ansiktsuttryck som fick Hanna att nyfiket höja på ögonbrynet.

– Gissa vad jag just hörde från tjänstebostaden, sa han uppspelt.

– Ingen aning, sa Hanna.

– Gissa!

– Men jag vet inte.

– Men bara gissa något!

– Någon ska sluta?

Hugos uppspelta min försvann på en sekund och han tittade trumpet på sin syster.

– Vad? sa Hanna förvånat.

– Kan du läsa tankar eller? sa han.

– Nej, tydligen bara bra på att gissa. Vem ska sluta?

– Chantell.

Hanna spärrade upp ögonen i förvåning.

– Hon är ju bortrest, hur kan hon sluta då? sa hon.

– Hon har visst skickat ett brev till Severin där hon meddelar att hon säger upp sig med omedelbar verkan. Severin ska väl ta brevet till pappa sen.

– Hon vet väl att alla hennes grejer kommer försvinna ut på gatan?

– Det skrev hon också om, att det gjorde absolut inget för hon behövde dem inte längre.

– Hoppsan, undrar vem hon har mött?

– Någon snuskigt rik verkar det som.

Hanna nickade instämmande. Det skulle bli konstigt med en annan sömmerska på slottet än Chantell, hon hade varit med så länge Hanna kunde minnas.

– Men vet du vad detta betyder? sa Hugo.

– Nej?

– Men hallå, det du förespråkat sedan igår kväll!

Hanna tittade förbryllat på sin bror för några sekunder innan det gick upp för henne. Nu kunde de be Annika

bli den nya kungliga sömmerskan, men vad skulle Lilja
kunna göra? Och Alise? Det var kanske inte en så bra
ide ändå?

– Vad tyst du blev, är du inte glad? frågade Hugo.

– Nej, faktiskt inte. Det går nog inte, sa Hanna.

– Varför inte? Annika är lika duktig som Chantell var!

– Ja, det vet jag men att slita upp Lilja från sina
vänner i byn, hon kommer inte kunna träffa dem så
ofta.

– För hon kommer också jobba, men vad kan hon
göra?

– Nu lät du elak men jag vet inte, hon är för liten för
mycket. Alise däremot, jag tror hon skulle kunna bli
en toppen bra servitris.

– Lilja kan kanske hjälpa sin syster?

– Eller sin mamma?

– Ja, hon känner sig kanske säkrare hos mamma än
hos storasyster.

Hanna nickade sakta och ropade sedan ett 'kom in' då
det knackade igen. Deras föräldrar klev in och Hanna
och Hugo tittade frågande på varandra.

– Severin anlände just med ett brev från Chantell, sa deras mamma.

Tvillingarna nickade sakta, spända på fortsättningen.

– Hon säger upp sig med omedelbar verkan så vi är nu utan kunglig sömmerska, sa deras pappa.

– Så frågan är om vi kan fråga miss Cederholm om hon vill anställas vid hovet eller om vi ska leta någon annanstans, sa Beatrice

– Vad tror ni?

Hanna och Hugo tittade på varandra igen.

– Vi vet faktiskt inte, det skulle kanske gå men samtidigt tänker vi på Lilja och Alise, sa Hanna.

– Lilja och Alise kommer kunna gå i skolan, de kan göra arbeten som är enkla, sa Beatrice.

– Vi tänkte på deras kontakt med vänner men om de kan fortsätta gå i skolan så går det kanske?

– Du har blivit mycket osäker på detta nu Hanna hör jag, sa Perelius.

– Jo, jag vill inte att de ska känna att de förlorar något.

– De får bo vid slottet, hur kan det vara att förlora något? sa Hugo.

Hanna spände ögonen i sin bror och han slog ner blicken. Deras föräldrar skrattade och sedan plockade deras pappa upp ett brev ur jackfickan.

– Chantell skriver att hon är mycket ledsen över att behöva ta detta över brev men att hon inte kan lämna det hon hittat nu för då kommer det försvinna för henne, läste han.

– Oj, hemlighetsfull, sa Hugo.

– Lite grann, sa Hanna.

– Men vad tror vi? sa Beatrice.

– Vi kan ju alltid fråga henne, alltså Annika, men hon behöver ju inte svara ja.

– Nej det stämmer ju men vi besöker byn på måndag och frågar henne, sa Perelius.

– Varför inte nu, idag?

– Är det inte lite för sent för det?

– Knappast, annars kan jag och Hugo bara åka, du måste kanske svara Chantell eller något?

– Jo, det skulle ni ju kunna göra. Gör er klara, jag skriver ihop något som ni kan ge henne, om hon nu inte skulle tro er.

Hanna och Hugo nickade, deras föräldrar lämnade rummet. Hugo gick bort till Hannas säng och satte sig på kanten. Hanna följde efter och satte sig bredvid honom.

– Vilket äventyr en lördag, sa han.

– Det kan man verkligen säga, sa Hanna.

– Tror du hon kommer tacka ja?

– Ingen aning och jag vill heller inte spekulera i det.

– Kom igen, nu gör vi oss klara att dra.

Hugo hoppade ner från hennes säng och lämnade rummet. Hanna satt kvar och tittade efter sin bror. Orosklumpen i magen ville inte släppa, något skulle gå fel.

Annika hängde just undan den traggliga bröllopsklänningen när hon hörde dörrklockan plinga till, vem kom hit så nära stängningsdags? Hon kikade fram från rummet hon använde som observationsrum, där hon kunde sätta upp klänningarna och granska dem från topp till tå. Hon tappade hakan när hon såg vilka det var, prinsen och prinsessan, vad gjorde de här?

Annika klev snabbt ut från rummet och gick dem till mötes.

– Ers högheter, vilken överraskning, sa hon.

– God kväll miss Cederholm, sa Hugo.

– Vi har ett meddelande från slottet, sa Hanna och räckte fram brevet.

Annika tog emot det, öppnade det och läste vad som stod. När hon sedan tittade upp på de kungliga tvillingarna hade hon glömt andas för ett par sekunder och tog ett stort, djupt andetag.

– Vad av detta? sa hon.

– Vår förra sömmerska, Chantell, sa upp sig idag och vi har ju sett dina färdigheter och tänkte att du skulle passa, sa Hanna.

– Du får betänketid tills måndag, då vill vi ha ett svar annars ser vi oss om på annat håll för en ny sömmerska, sa Hugo.

– Oj, men jag har tills måndag och bestämma mig?

– Ja, det är korrekt.

– Okej, tack så mycket Ers högheter.

Tvillingarna gav henne ett varmt leende innan de lämnade affären igen. Annika stod kvar på samma fläck, kunde hon tro det som just hänt? Tredje trappsteget knarrade och hon vände huvudet dit och fick se både Lilja och Alise i trappan.

– Var det där prinsessan som var hit mamma? sa Lilja.

– Japp, och gissa vad jag fått erbjudande om? sa Annika.

– Ingen aning, vad då?

– Jag har fått erbjudande att jobba på slottet som deras kungliga sömmerska då deras nuvarande bestämt sig för att sluta, jag har till måndag på mig att svara. Lilja och Alise tappade hakan när de fick höra detta, tjöt sedan till och rusade för att omfamna sin mamma. Annika tog emot båda flickorna och släppte ut en lycklig suck.

Hanna och Hugo var tillbaka på slottet i tid till middagen, så de fräschade snabbt upp sig och gick sedan mot matsalen. Deras föräldrar och systrar var redan där så de slog sig ner och maten serverades.

– Gick det bra att lämna meddelandet? frågade Perelius.

– Inga problem, hon lovade att svara senast på måndag, sa Hanna.

– Strålande!

– Hur känns det att ha en vecka kvar innan de högre och mer avancerade studierna startar? frågade Carolina.

– Det känns riktigt bra och ska bli riktigt roligt, sa Hanna.

– Tycker du ja, du behöver ju inte plugga nå hårdare för att vi hamnar på en annan sektion i skolan, muttrade Hugo.

– Den rösten från arvingen till Vivalencia, hoppsan, sa Claudia.

– Studera massa lagar och regler, historia om kungariket, jättekul.

– Aj, den ironin kändes! sa Hanna.

– Det var meningen.

– Men seriöst Hugo, är du inte glad? frågade Carolina.

– Jo, det är klart jag är, förtur ju, jag är fem minuter yngre än min tvilling men ändå är det jag som får ärva tronen, det är rätt kul.

– Dessutom 14 och 12 år yngre än oss två andra men ändå inte roligt?

– Precis, för det är jag som råkar ut för the real deal, liksom.

– Hallå, jag kommer få lära mig allt senare, du har ju bara tur som får lära dig allt i skolan under flera år, sa Hanna. Vad får jag? En sommar?

– Så du ska gifta dig på hösten, intressant, sa Perelius och log mot henne.

– Va? sa Hanna.

– Du får ett helt år på dig att lära dig allt och fortsättningsvis efter att du gift dig, skrattade Beatrice.

– Så vadå?

– Direkt efter att förlovningen blivit officiell så kommer du att börja studera inför att anta din nya roll som drottning i ditt framtida land.

– Oj, jaha men det förändrar ju saken.

– Ja, du får dig ett år i alla fall, sa Hugo.

Hanna gav sin bror en grimas och fick sina föräldrar och systrar att skratta.

– Men jag lär mig så snabbt så jag klarar mig på ett år, det skulle du aldrig kunna göra! sa Hanna spydigt.

– Skulle jag visst kunna klara! sa Hugo.

– Inte en chans.

Hugo räckte ut tungan åt sin syster som bara skrattade åt honom och så fortsatte de sedan att äta under behagliga samtal.

Annika strök sin yngsta över pannan, böjde sig ner och drog in doften av dottern. Hon var så lycklig just nu, rädslan för att han skulle bryta sig in hade sjunkit undan men fanns fortfarande där. Hon reste sig och gick runt sängen och slog sig ner på sängkanten. Hon strök Alise över håret, flickan vände sig om och tittade upp på mamma.

– Vad är det? frågade hon.

– Inget, jag beundrar bara mina vackra döttrar, viskade Annika.

– Jag är så glad över att vara hemma, mamma!

– Jag är så glad att ha dig här hjärtat.

– Men tänk om pappa hittar mig, vad kommer han göra då?

– Tyvärr allt för att få dig tillbaka men det tänker jag inte tillåta!

– Tack mamma.

– Jag gör allt för dig och Lilja, ni är det bästa jag har, försök sova nu.

Alise la sig tillrätta och Annika reste sig från sängen och lämnade sovrummet. Hon gick ner till nedervåningen och slog sig ner vid arbetsbänken. Hon lutade huvudet i händerna, hjärnan var kaos. Hon hade ingen aning om hur hon skulle kunna skydda Alise och Lilja från honom. Hon hade inte styrkan att övermanna honom om han skulle få för sig att visa sig hos dem. Hon rätade på sig och tog upp papperet bredvid henne, läste det ännu en gång. Att läsa om erbjudandet om en plats på det kungliga hovet i närområdets mäktigaste kungahus gav henne svindel. Hon log och la sedan ner papperet igen, slog av lampan och gick upp till sovrummet igen.

Kapitel Sex

Hanna vaknade utvilad på söndagsmorgonen, klev upp ur sängen, svepte in sig i sin sidenmorgonrock och satte sig på fönsterbänken. Söndagar var alltid mycket lugna på slottet, de enda som möjligen sprang runt var Severin och kökspersonalen. Köket var alltid stressigt, de ville alltid imponera på kungafamiljen, både med tid och smak. Det var ganska fascinerande tyckte Hanna, de serverade samma maträtter men sa alltid att nu finns det någon ny liten finess med rätten. Ingen i familjen hade någonsin hittat någon, fanns det en finess var den inte framträdande, vilket var synd. Hon hade gärna sett att matsedeln uppdaterades även om de fick det finaste av allt som kunde brukas i och ovanför jord. Hon klev ner från fönsterbänken och gick bort till sin garderob, tittade på alla klänningar snyggt uppradade efter färg. Hon valde en klänning i aprikos för denna avslappnade söndag. Hon var redo att inte gör någonting alls idag, ta en promenad i trädgården, kanske sitta och läsa i timmar. Hugo skulle säkert försöka få henne att göra något mer fartfyllt, han höll inte med om att söndagar var ta-det-lugnt-dagen. Han skulle ändå göra något som involverade mycket kroppsaktivitet. Det var ytterst få söndagar som någon i familjen lyckades få Hugo att bara sitta still i en soffa och göra något där. En knackning och just nämnda bror klev in i hennes rum.

– Hej syrran, redo för en ridtur? frågade han.

Hanna höjde överraskat ögonbrynen. En ridtur? Det hade hon verkligen inte förväntat sig.

– En ridtur med vinden i håret? frågade hon.

– Ja, det var tanken, sa Hugo.

Hanna funderade några sekunder, en ridtur hade hon faktiskt inget emot. Hon älskade att rida så varför inte passa på när de inte hade några kungliga plikter att förhålla sig till.

– Visst brorsan, ge mig några minuter att byta om! sa hon.

Så lämnade Hugo hennes rum och Hanna gick bort till sin garderob igen. Letade upp sina ridkläder och bytte om. Så gick hon ut från sitt rum och bort till sin bror som stod i slutet av sovrumsflygeln.

– Då drar vi och hämtar hästarna, sa han.

Annika packade ner det sista i ryggsäcken hon skulle
ha till dagens hajk. Lilja och Alise var på övervåningen
och gjorde sig också redo för att gå bort till Klara och
möta upp resten av gruppen. Annika gick bort till
trappan och ropade ner flickorna som snabbt skyndade
sig ner. Lilja satte på sig sin ryggsäck och Annika tog
sin och så lämnade de lägenheten och gick mot Klaras
hus. Det var full aktivitet ute på framsidan av huset och
Klara upptäckte dem snabbt och vinkade. Lilja vinkade
tillbaka och sprang bort till sina vänner. Annika och
Alise gick in på gården och vidare in i huset. Linda
stod i köket och gjorde iordning det sista fikat för
gängets del.

– Ah, äntligen har sjuksköterskan anlänt, sa Linda.

– Va? sa Annika.

– Det har redan hänt en liten incident ute i trädgården
som behöver din omplåstrande vård!

– Ojdå, men då går jag ut direkt.

Annika vände om och gick tillbaka ut i trädgården och lämnade Alise ensam med Linda. Kvinnan tittade upp från arbetet med smörgåsarna och tittade på Alise.

– Så du är den länge förlorade dottern, sa Linda.

– Japp, det är jag! sa Alise.

– Hur är det att vara tillbaka hos mamma?

– Fantastiskt, men jag är livrädd att pappa ska komma efter mig vilken sekund som helst. Mamma är lika orolig men Lilja verkar inte ha samma problem.

– Jag tror inte Lilja är medveten om faran som kan komma men är inte han Liljas pappa också?

– Jo, det är det som är grejen och han har redan bestämt sig för att han hatar henne även om han aldrig träffat henne.

– Usch, så förfärligt!

Just som de tystnade så klev Annika in med hela scoutgruppen. Alla flickorna hade likadana uniformer, Annika och Linda hade liknande uniformer i vuxen storlek.

– Du, mamma? sa Alise.

– Ja? sa Annika.

– Du tror inte det finns en sån där uniform för någon som snart är tretton?

Annika log varmt och tittade sedan ner på Lilja och la ögonbrynen i fundering.

– Jo, vet du vad ungdomsledaren, det tror jag det gör, om du ger mig ett par dagar, sa hon och tittade upp på äldsta dottern igen.

– Toppen! sa Alise.

– Då blir du också en smörblomma! utropade Lilja glatt.

– Det stämmer lillsyrran, då blir du aldrig av med mig, inte ens på dina scoutmöten.

– Haha jag vill inte bli av med min storasyster, jag vill att du stannar här för alltid!

Lilja sprang fram till Alise och gav henne en bamsekram. Alise tittade upp på sin mamma som hade fått tårar i ögonen. Annika torkade snabbt bort dem och klappade sedan i händer.

– Okej flickor, då ger vi oss iväg! sa hon och tog täten.

Att bara få släppa allt vad kunglighet heter och susa fram på hästryggen var en euforisk känsla. Hanna saktade ner till skritt och Hugo följde hennes exempel. De kom just tillbaka till det inre Vivalencia, det som finns innanför muren. Skulle deras föräldrar få veta att de varit och ridit utanför muren skulle de aldrig få gå ut igen. Världen utanför muren var livsfarlig, i alla fall om man skulle tro deras mors ord och speciellt om man var en prins eller prinsessa.

– Tror du mamma och pappa har listat ut att vi red längre bort än vad vi borde? frågade Hugo.

– Kanske, de kommer nog i alla fall undra var vi höll hus, vi har varit borta i timmar, sa Hanna.

– Jag är utsvulten, kan vi inte stanna här vid ståden och köpa något?

– Visst, inte mig emot.

Så satte de av hästarna och förvånade varenda Vivalenciabo. Prinsen och prinsessan var utanför slottet, utan vakter, och var nu på väg att köpa frukt från ett helt vanligt fruktstånd.

– Hallå där min gode man, skulle jag och min syster kunna få äran att köpa ett par av dina utsökta frukter? sa Hugo.

Hanna himlade med ögonen bakom hans rygg, det är väl just därför ingen gillar oss, tänkte hon. Sättet vi pratar med invånarna.

– Självklart Ers höghet, vad vill ni ha? sa handelsmannen.

– Syrran? sa Hugo och vände sig till Hanna.

– Jag skulle kunna dö för några physalis och ett grönt äpple, sa hon

– Okej, jag tar ett rött äpple och en förpackning vindruvor.

Mannen gjorde iordning deras beställning och Hugo lämnade fram pengarna. När mannen räknat tittade han förbluffat upp på prinsen. Hugo vände sig om och var på väg bort när mannen ropade efter honom.

– Ers höghet, ni gav mig alldeles för mycket! sa han.

– Dricks, ni har ett fantastiskt utbud min herre, sa Hugo tillbaka.

– Tack, Ers höghet.

Så satte Hanna och Hugo upp på hästarna igen och red bort till slottet. Letade upp den perfekta platsen i trädgården och slog sig sedan ner. Hanna tog emot frukterna och satte sig sedan bekvämt i gräset och trädde en servett i knät.

– Du var otroligt snäll mot frukt- och grönsakshandlaren Hugo, sa hon.

– Våra invånare förtjänar det, sa Hugo.

Hanna bet av en physalis och njöt till fullo av fruktens aromer.

– Seriöst syrran, vad tror du alla tänker om oss? sa Hugo.

Hanna tittade på sin bror, svalde och torkade sig lätt med en servett.

– Att vi är överklass i stora mått, att vi pratar fisförnämt, att vi tror vi är bättre än dem, sa hon.

– Tror du verkligen det? sa Hugo.

– Tyvärr ja, vi har knappt rest ner till byn för att bara strosa runt, tala med folk, pappa låter aldrig någon komma upp till slottet med sina problem längre, vet du varför det blev så?

– Ingen aning men jag skulle gärna vilja veta, det känns förfärligt att alla tycker så illa om oss.

– Oss, speciellt, liksom vad har vi gjort mot folket i Vivalencia? Fötts?

Hugo hade just tagit en vindruva och började gapskratta så vindruvssaft flög överallt, Hanna höll upp en servett mot ansiktet men log mot sin bror.

– Du har rätt syrran, vad i hela friden har vi gjort? sa han.

– Jag menar, pappa satte in denna regel om inga undersåtar i slottet när vi var mindre, inte innan, eller hur? sa Hanna.

– Ja, jag tror det, så det var ju inga problem när Carolina och Claudia bodde hemma.

– Är det oss det är fel på?

Tvillingarna tittade på varandra och försjönk sedan i djupa funderingar. Lite längre bort stod ett par som hört allt tvillingarna sa, kvinnan hade lagt sitt huvud mot mannens axel och det var tydligt att hon grät. Det var klart att det var kungen och drottningen av Vivalencia, tvillingarnas föräldrar.

Flickorna hade bett om en paus i hajken så nu satt de i ring med matsäck framme. Lilja satt i Alises knä och mumsade på ananas så både hon, hennes kläder och hennes storasyster blev alldeles kletiga.

– Lilja, jag vet att du älskar ananas men kan du inte äta lite mindre…? Annika tystnade och letade efter ordet.

– Njutningsfullt? försökte Linda.

– Uppskattande? sa Alise.

– Slafsigt, sa Annika.

Alise och Linda tittade förvånat på Annika, Lilja slutade äta och tittade på sin mamma över ananasen.

– Förlåt mamma, sa hon, tog en servett och torkade sig noga runt munnen och på händerna.

– Tack hjärtat, sa Annika.

– Låter du inte henne äta som hon vill, inte ens när vi är ute i skogen och där inget är onormalt? frågade Linda.

– Men att slafsa sådär?

– Snälla Annika, det var ju ingenting, hon tycker bara jättemycket om ananas!

– Jo men…

– Vad trodde du? Att några kungligheter skulle dyka upp utifrån ingenstans?

– Schhh! sa Klara plötsligt.

Annika och Linda tittade förvånat på Klara men sedan hörde de några röster. Klara och Lilja reste snabbt på sig och lyssnade runt innan de sprang iväg åt ett håll. Annika och Linda kom snabbt på fötterna och följde efter sina döttrar, Alise och resten av gruppen satt förvånat kvar. Lilja och Klara tvärstannade så plötsligt att Annika och Linda höll på att snubbla på sina döttrar. De tittade upp och tappade hakan när de såg vilka två som var framför dem. Kungen och drottningen av Vivalencia.

– Vad ska vi göra? frågade drottningen.

– Inget, dem släpper det snart! sa kungen.

– Släpper det? Perelius de är snart tonåringar, klart de inte kommer släppa det!

– Men kära du oroa dig inte, de kommer inte få reda på något.

– Nej men visst, som om de aldrig skulle ifrågasätta varför de aldrig får vara utanför muren, knappt slottet? Varför vi aldrig mer låter någon komma till slottet?

Hörde du ens vad de sa? De lägger skulden på dem
själva för att regeln finns där för de vet inget annat.
Kungen suckade och satte sig på en stubbe i närheten,
han sträckte ut en hand mot sin hustru men hon tog ett
steg bakåt.

– Jag tror inte du fattar hur det känns att som mamma
få höra att hennes barn är en anledning till något
förfärligt, sa hon och stirrade på sin make.

– Du har rätt, jag förstår inte hur du känner dig, jag
förstår inte att du mår så dåligt över något men jag
förstår din oro, jag är lika livrädd för att något ska
hända våra tvillingar igen eller dig eller våra stora
döttrar.

Han reste sig och klev fram till henne, tog hennes
ansikte i sina händer. Tårarna i hennes vackra ansikte
slutade inte rinna. Han kysste henne på båda kinderna
och sedan munnen.

– Mamma?

Annika flög en halvmeter när hon hörde Alise röst och
vände sig runt. Alise, tillsammans med resten av
gruppen stod bakom dem. Annika tittade mot
skogsgluggen igen, deras majestäter hade försvunnit.

– Spionerade ni just på kungen och drottningen? frågade Alise.

– Ja, häftigt va? sa Lilja exalterat.

– Osmakligt mamma!

– Jag vet Alise, ledsen men jag tror vi har nedvärderat kungafamiljen alldeles för mycket, sa Annika.

– Jag har aldrig tänkt på det men det kan inte vara lätt att alltid behöva vara övervakad, eller att hela tiden bli övervakad, undrar om de någonsin bara kan vara dem själva? sa Linda.

– Allt ska vara fint, inget i deras klädsel eller uppträdande får vara fel.

– Att uppträda så perfekt hela tiden kan inte vara lätt, sa Alise.

Annika skakade på huvudet och tittade sedan på sitt armbandsur.

– Okej hörni, tyvärr måste vi avbryta hajken här annars blir det alldeles för sent! sa hon.

– Nu? sa alla.

– Ja, tyvärr.

– Meeeeeeeen.

Annika och Linda skrattade och tog sedan tillbaka alla till viloplatsen, packade ihop och begav sig hemåt.

Hanna och Hugo satt i biblioteket, uppkrupna i en varsin soffa och så inne i deras böcker att de inte märkte att deras föräldrar klev in.

– Hanna, Hugo? sa deras far.

Tvillingarna tittade upp från böckerna och höjde frågande ögonbrynen.

– Ja? sa Hanna.

– Vi skulle behöva prata med er, sa Beatrice.

Hanna tittade lite mer ingående på sin mamma och kunde snart urskilja tårar i hennes ögon.

– Har det hänt något? frågade hon, fundersamt.

– Ja, det är det vi vill prata med er om, sa Perelius.

Hanna flyttade över till soffan Hugo satt i och deras föräldrar satte sig i soffan mittemot dem. Beatrice vred vigselringen fram och tillbaka, lät den inte vara tills Perelius tog hennes händer. De tittade upp på tvillingarna samtidigt.

– Vi vet att ni varit utanför muren idag, sa Perelius.

– Vi förstod att ni skulle få reda på det, sa Hanna.

– Varför red ni ut när ni visste att ni inte fick? frågade Beatrice.

– Det var min idé, jag var så uttråkad och ville göra något riktigt roligt och då tänkte jag att dra ut och rida var en jättebra idé, sa Hugo.

– Men för det hade ni inte behövt rida utanför muren.

– Det hände inget, varför är ni så oroliga hela tiden? sa Hanna.

Beatrice suckade och tittade upp på sin man.

– Muren har inte heller alltid funnits där, den restes kort efter er födsel, sa Perelius.

– Så det är vårt fel? Varför Vivalencia har ett sånt ogillande mot kungafamiljen? sa Hugo.

Tvillingarna sjönk ihop, stirrade i golvet och deras mamma la huvudet i händerna och grät ljudlöst. Deras far, kungen, den mäktigaste mannen i hela kungariket satt som maktlös och såg sin hustru bryta ihop och sina tvillingar mållösa. Nu skulle de få veta sanningen.

– Det är inte på grund av er, sa han.

– Men allting har kunnat kopplas till oss, sa Hugo.

– Lyssna, så förstår ni.

Hanna och Hugo satte sig tillrätta efter att ha sjunkit ner mot ett varsitt hörn av soffan och tittade uppmärksammat på deras pappa. Perelius tog ett djupt andetag och mötte sina barns ögon.

– I åttonde månaden blev vi attackerade strax utanför där muren börjar, sa han. Tjuvar som attackerade ville ha allt de kunde komma åt, vi lät dem ta vad helst de ville bara de lät oss vara men av någon obegriplig anledning så knivhögg de er mamma, i magen, det är därför du har ärret på armen Hanna, de kom inte bara åt Beatrice utan även dig.

Han tystnade, hämtade andan och lät det han just berättat sjunka in hos barnen. Hanna stirrade på honom, ärret som hon alltid trott var ett födelsemärke var egentligen efter en attack. Automatiskt gick hennes hand upp till ärret på överarmen, hon släppte inte sin pappas blick, la pekfingret på ärret. Sedan svalde hon luft och bröt ut i gråt, hennes mamma sträckte ut armarna och Hanna klev över till sin mammas famn. Hugo satt kvar i andra soffan, stirrade framför sig. Nyheten sjönk inte in, han ville inte bli medveten om den riktiga anledningen. Han tittade upp på sin pappa, mötte blicken som fått återuppleva attacken för tolv år sedan. Han skulle aldrig gå utanför muren igen.

Kapitel Sju

Annika, Lilja och Alise var några få meter från huset när de såg det. Dörren var uppbruten, fönstret mot gatan sönderslaget. Alise och Lilja frös medan Annika rusade fram till sitt hem. Klev försiktigt in genom dörren och tittade runt i förödelsen. Hon rörde sig försiktigt över det krossade glaset, mot arbetsbänken och in i observationsrummet där hon såg bröllopsklänningen hon kämpat med riven i miljoner bitar. Plötsligt hörde hon en glasskärva krossas och hon rusar ut till entrén. Synen, sin exman med varsin hand om döttrarnas halsar.

– Snälla Steven, släpp dem, sa hon.

– Släppa dem, odågorna som förstört vårt liv? röt han. Alise visade inga tecken på rädsla, inga tecken på att försöka fly, hon måste vara van. Lilja grät men det vara bara tårarna på hennes kinder som berättade det. Annika knöt händerna och det såg Steven.

– En handling och jag knäcker nacken på dem, sa han. Hon öppnade händerna igen, la dem i kors över bröstet.

– Vad vill du? frågade hon.

– Jag vill ha min fru tillbaka, sa han.

– Så länge du håller på att kväva våra döttrar så är det omöjligt, sa hon.

– Döttr*ar*? Alise är min men inte missfostret i min andra hand!

– Jo Steven, båda två är dina, jag skulle aldrig gjort något mot dig som hade kunnat skada dig eller oss.

– Ändå behöll du missfostret?

– Hon är vår Steven och vi hade klarat oss utmärkt med två vackra flickor i livet.

– Nej, du visste aldrig hur ansträngd vår ekonomi var då, jag kunde knappt ge mat åt oss tre!

– Jag jobbade också, Steven.

– Men dina kunder betalade fan aldrig samtidigt!

– Det är svårt när alla inte kommer in samtidigt för att fråga om ett arbete.

– Ditt jobb var så jävla osäkert, man visste aldrig om du skulle få några kunder eller inte.

– Denna by är tillräckligt stor för att någon skulle ha sönder ett klädesplagg varje dag!

– Aldrig!

Steven spände händerna och genom reaktionen knöt dem. Alise och Lilja började sprattla i hans grepp och Annika fick panik.

– Okej, du har rätt! skrek hon.

Greppet lossades lite och Alise och Lilja kunde andas lite bättre igen. Annika hörde sitt hjärta dunka i öronen. Hur skulle hon fixa detta? Men så lades en hand på Stevens axel, han släppte Alise och Lilja som snabbt var vid sin mamma. Det var knäpptyst i det lilla skrädderiet, Steven vände sig inte om och Annika stirrade in i de safirblå ögonen som tillhörde kungen. Nästa sak hon visste med säkerhet var att hon föll på knä framför hans majestät, skjuten med tre skott, medan hon såg sin exman försvinna i folkmassan av panikslagna människor.

Hanna stirrade in i väggen, en fläck av grått i det vita sovrummet. Hon satt i sin säng med benen uppdragna till hakan. Bilderna spelades upp inför henne om och om igen. Hur vakter stormat in i slottet med hennes pappa. Konungen var skjuten, hon hade aldrig varit med om något så kaotiskt. Hugo hade fått panik som nästan alla tjänare som varit där och tillslut svimmat, Severin hade varit framme och hjälpt till och de hade fört fadern till sjukhusflygeln. Hon hade vänt sig till sin mor som varit vit som ett lakan men inga tårar, inte ett ord. Hon hade följt modern med blicken när Beatrice gått om i trans efter följet. Hanna hade blivit kvar i tronsalen, hennes bror hade vaknat och ställt sig bredvid henne. Deras systrar hade lämnat för bara en timme sedan.

– Hanna?

Hon blinkade till och kom tillbaka till verkligheten. Hon tittade bredvid sig och såg sin bror. Hans ögon var alldeles röda av gråt. Hon reste sig och omfamnade sin bror. Allt brast igen och han hulkade som ett barn mot hennes axel, själv stod hon där, stirrande utan den minsta tår nedför kinden. Det knackade på dörren och Severin klev in, han såg tvillingarna och gick bort till dem.

– Er far vill träffa er, sa han lågt.

– Han mår bra? sa Hanna.

– Han kommer klara sig tack vare att någon såg till att hans skador inte blev värre på platsen.

Hanna nickade och stödde upp Hugo sedan gick de under tystnad med Severin mot sjukhusflygeln. Severin öppnade dörren och tvillingarna klev in och såg till sin förvåning systrarna i rummet. De satt på en varsin stol vid sidan av sängen, deras mor satt på sängkanten, tårarna glittrade av månljuset. Deras far låg i sängen, just nu med ögonen slutna men hans ena hand kramade deras mors högra hand. När dörren gick igen bakom Severin tittade alla dit och såg tvillingarna. Deras pappa vände sig mot dem och log.

– Hej galningar, sa han.

Hugo rusade fram till honom och grät glädjetårar när han fick se att hans pappa var i livet. Hanna stod kvar på samma fläck, tog in bilden av ännu ett hinder de tagit sig över. Ännu ett hinder som deras pappa klarat. Hon gick fram till sängen, Hugo hoppade undan och Hanna gav sin far en bamsekram. Men inga tårar rann från prinsessans kinder den natten.

Kapitel Åtta

Fem dagar senare

Annika vaknade denna soliga fredagsmorgon med en annorlunda känsla i magen. Det bubblade, hon satte sig upp i sängen och kollade runt i sitt sovrum. Sitt egna sovrum, Alise och Lilja sov i rummet mittemot. Lägenheten i tjänstebostaden var fantastisk och hon visste att hon hade gjort rätt val. Hon hade gått upp till slottet på måndagen, mött deras majestäter och accepterat erbjudandet som ny kunglig sömmerska. Flytten hade gått lätt, allt de ägt var i ruiner efter Steven. När hon hade sett kungen på måndagen blev hon lättad, hon fick senare höra av Severin att de letar för fullt efter personen som räddade kungens liv. Orden släppte aldrig hennes minne, personen som hjälpte kungen i skrädderiet räddade hans liv. Hon hade räddat livet på och fallit pladask för hans majestät. Sekunden han tittade henne i ögonen när hon la handen på ett sår var sekunden då hon visste att hon ville bli hans. Hon reste sig ur sängen och tog en snabbdusch och gick sedan bort till köket och fick sig en riktig överraskning.

– God morgon mamma, sa Alise.

Lilja hoppade ner från bänken bredvid sin storasyster och sprang bort och gav sin mamma en kram.

– God morgon flickor, sa Annika överraskat.

– Du hade verkligen inte förväntat dig detta va? sa Alise.

– Nej, det hade jag inte.

– Men vi har ju skola och båda två vaknade tidigare än dig så vi tänkte att vi kan väl överraska dig då!

– Så gulligt av er tjejer, tack!

– Inga problem mamma, du gör ju annars alltid frukost till oss.

Annika tar utav den framdukade frukosten och slår sig ner mittemot sina döttrar vid köksbordet.

– Hur tycker ni skolan varit i veckan? frågade Annika.

– Spännande, ganska jobbig och lite konstig, sa Alise.

– Okej, du har ju massor att ta igen!

– Japp men det var snällt av hovet att fixa en egen lärare till mig, visst är det synd att jag inte kan gå i en

riktig klass men jag har träffat folk på lunchen och det
har gått bra.

– Jag är så ledsen hjärtat!

– Äsch det är okej mamma.

Annika log och tittade sedan på klockan och spärrade
upp ögonen.

– Herregud, jag håller på att bli försenad, sa hon och
flög upp ur stolen.

– Vi tar hand om det mamma, sa Lilja.

– Ni är guld!

Så greppade hon några ritningar, pussade flickorna
hejdå och försvann ut genom dörren.

Då det bara var avslutning idag så började skolan tio.
Hanna stod framför sin tredelsspegel och granskade
klänningen hon skulle ha till avslutningen. Den hade
varit underbar i affären men nu var hon inte så säker
längre. En knackning och hon ropar ett kom in. Deras
nya kungliga sömmerska, Annika, klev in.

– Ni hade sökt mig Ers höghet? sa Annika.

– Ja, jag vet inte vad jag ska ha på mig på avslutningen idag, sa Hanna.

– Men klänningen du har på dig?

– Det var denna jag hade tänkt men nu vet jag inte längre, jag tycker inte den är tillräckligt speciell.

– Vi kanske kan ordna det på något sätt!

Hanna tittade på sömmerskan när hon gick runt henne, så bad hon Hanna kliva ner från pallen och slet sedan resolut bort ärmarna på klänningen. Hanna stirrade på henne men Annika log.

– Litar du på mig? frågade Annika.

– Jag lär nog göra det nu, när du redan förstört klänningen, sa Hanna.

– Det har du rätt i!

Hanna snurrade en lock mellan pekfingret och långfingret. Tittade i spegeln medan Annika jobbade tyst och fokuserat. Hanna var jätteglad att hon tackat ja till erbjudandet, speciellt då hennes affär och lägenhet gått om intet på grund av en galning.

– Jag kan fortfarande inte fatta att pappa kunde varit död nu, sa hon plötsligt.

Annika stannade upp och tittade på prinsessan. Hanna hade en bekymrad min i ansiktet.

– Vem det än var som var där när kungen sköts så står vi denna person djupt till skuld, visst har han och ni varit en kungafamilj på avstånd men absolut den rättvisaste, sa Annika.

– Det är konstigt att vi inte hittat vem det är än, det var så många där, någon måste ju ha sett något men det är inte någon som säger något, sa Hanna.

– Är det inte någon som sagt något?

– Bara att de såg att hon, för det var alla bombsäkra om att det var en hon, denna kvinna bar något som liknade en scoutdräkt men dolde sitt ansikte med en hatt.

Annika frös och reste sig och tittade på prinsessan i spegeln. Hanna vred sig och tittade på Annikas ändringar. Hennes ärmar hade blivit axelband som vecklade ut sig som en solfjäder över hennes axlar.

– Det är helt underbart Annika, sa Hanna.

– Tack Ers höghet, sa Annika.

– Magiska fingrar, ser jag.

Hanna och Annika tittade mot dörren och såg Hans majestät själv.

– Åh, hej pappa, sa Hanna.

– Hej raring, redo för avslutning? sa han.

– Nu är jag det, tack vare Annika!

– Ni är allt för vänligt Ers höghet, ni också Ers majestät! Sa Annika.

– Vi måste vara försiktiga med våra sömmerskor, annars kanske de försvinner ifrån oss.

Hanna tittade på Annika och skrattade när kvinnan såg ut som ett frågetecken.

– Vi har haft det lite körigt med just sömmerskor de senaste åren, eller assisterande sömmerskor, Chantell hade vi fram tills nu och har haft så länge jag kan minnas, sa Hanna.

– Hela din levnadstid fram till nu, sa Perelius.

– Oj, men ni behöver inte vara oroliga för att förlora mig, detta är ett jobb jag aldrig trodde jag skulle ha chansen att få så den sumpar jag aldrig, sa Annika.

– Underbart, Hanna din bror väntar på dig vid vagnen för att ta er till skolan, jag och mamma är där inom någon timme!

Hanna nickade och gav sedan Annika en snabb tackkram, tog sin tiara och lämnade rummet.

Annika började direkt plocka undan bitarna som blev kvar av ärmarna. Hon försökte låta bli att titta upp på kungen men det var inte lätt.

– Jag vet att det var du som räddade mig, sa han.

Annika rök till och tappade alla tygbitarna. Snyggt jobbat idiot, tänkte hon. Hon började plocka ihop dem igen och skulle just plocka upp sista när kungen hann före. De reste sig, hon släppte inte hans ögon, han släppte inte hennes. Rörelsen som skulle ta tygbiten ifrån honom hade stannat i luften. Han log mot henne, hon försökte le tillbaka men såg förmodligen ut som en idiot. Han la tygbiten i hennes hand, vände handflatan neråt och förde handen till sina läppar.

– Tack, sa han.

Sekunden därefter var han borta.

Kapitel Nio

Den kungliga förberedelseakademin hade alltid en prisutdelning i slutet av året. För den bästa plugg-studenten, för den bästa kompis-studenten och för den mest kungliga studenten. Hanna tyckte den sista kategorin var galen, det var verkligen och ge glans åt endast en student. Plugg-studenten hade blivit uppropad och kompis-studenten ropades nu upp som visade sig ha blivit Lia. Hanna applåderade tillsammans med kompisarna och gav Lia en kram när hon var tillbaka med priset.

– Så sista priset, den mest kungliga studenten, sa Mister Tydell, rektorn. Detta pris går till en student som visat sig värdig att kalla sig kunglig, för kunglighet är inte bara ytligt utan det är insidan som räknas, prinsessan Hanna Evangeline Lilly av huset Mideliton välkommen fram!

Hanna tappade hakan och kompisarna runt henne jublade. Hon reste sig och gick fram till rektorn som gav henne en blombukett och den lilla trofén där det stod "Kungligaste studenten" och så årtalet samt hennes namn. Hon tackade rektorn och gick sedan bort till vännerna igen.

– Jäklar syrran, du lyckades! sa Hugo.

– Ja, tydligen och jag som tycker detta pris låter så dumt, sa Hanna.

– Just passande att du får det då också!

– Precis.

– Förresten vilken underbar klänning du har Hanna, sa Lia.

– Tack Lia, Annika gjorde några finjusteringar nu på morgonen.

– Annika?

– Ja, vår nya sömmerska ju, Chantell slutade ju!

– Just det, vilket dåligt minne jag har!

Vännerna skrattade och sedan avslutade rektorn och deras skolår var officiellt över. Till hösten var det dags för några steg närmare det riktiga livet.

– Tror du vi har världens stoltaste föräldrar? frågade Hugo och tittade på henne.

– Chansen är nog stor, sa Hanna och log.

De lämnade akademin och klev in i vagnen som väntade utanför grindarna.

– Jaha, kungligaste studenten på akademin var visst vår egen dotter, sa kungen så fort tvillingarna klivit in i vagnen.

Syskonen gav varandra en blick och skrattade.

– Jo, så var det visst, sa Hanna.

– Vi är mycket stolta över dig, detta bevisar att du verkligen tar åt dig var ni lär er på akademin, sa Beatrice.

– Tack mamma.

– Ska vi låta Chef André överraska oss ikväll? frågade fadern.

– Han är lika dålig på att överraska som en fisk på att flyga, sa Hugo.

Hanna och föräldrarna började skratta och Hugo stämde in. Tyvärr hade Hugo rätt, Chef André var ingen höjdare på överraskningar. Han lagade underbar mat men inget var nytt, det var alltid detsamma, år efter år.

– Ni två kan kanske prata lite med honom och se om
ni kan komma med några idéer som hjälp på traven?
sa Perelius.

– Bra idé pappa, vi kan ju alltid försöka, sa Hanna.
De anlände snart till slottet och alla klev ur. Hanna och
Hugo styrde direkt stegen mot köket. De anlände till ett
kaos, tvillingarna tittade på varandra och skyndade sig
igenom köket och fann Chef André längst bort. Han
välkomnade tvillingarna och de berättade för honom
vad de hade tänkt. Han tittade först frågande på dem
men log därefter.

– Självklart kan jag ordna något nytt, Ers högheter, sa
Chef André.

– Något riktigt överraskande nu? sa Hugo.

– Jag gör alltid överraskningar!

– Nej Chef, det gör du inte, det finns inget i dina rätter
som är annorlunda.

– Jag har alltid något nytt i era rätter.

– Chef, snälla, ni gör inget, sa Hanna.

– Vill Eder högheter göra det själva?

Hugo och Hanna stirrade på Chef André som drog med handen mot maten. Tvillingarna tittade på varandra och skakade på huvudet.

– Om ni nu inte tycker att min mat är bra för er så kan jag väl sluta! sa Chef André.

– Nej, ni missförstår oss Chef, sa Hanna.

– Nej, jag förstår er helt!

– Är det några problem?

Tvillingarna vände sig om och såg deras pappa.

– De unga kungligheterna tycker min mat är tråkig Ers majestät, sa Chef André.

– Meddelandet kom fram, så bra, sa Perelius.

– Vad menar ni Ers majestät?

– Hela min familj önskar en annorlunda middagskväll, en middag som vi minns, kan du ordna det?

Chef André stirrade på kungen och Hanna studerar kökschefen.

– Självklart Ers majestät, jag ska laga något strålande! sa Chef André.

– Jag hoppas det! sa kungen och tog med sig tvillingarna ut.

Annika satt i sin ateljé och arbetade på en klänning som en av kammarjungfrurna lämnat in hos henne.

Tankarna gick i kors medan nålen gick igenom tyget. Hon slutade inte tänka på honom, enda sedan gårdagen har han varit i hennes tankar. Hon kunde inte tro sig själv, hon hade blivit kär i kungen. Hon, en simpel sömmerska som råkade ha lite tur att vara duktig på att sy. Det fick aldrig bli mer, det hade hon bestämt. Hennes känslor fick aldrig visas. Det stoppade henne dock inte från att drömma om honom och henne.

– Annika?

Hon ryckte till och tittade upp, Anastacia, en av drottningens kammarjungfrur stod i dörren.

– Ja? sa hon.

– Din närvaro önskas av Hennes majestät drottningen i hennes sovrum, sa Anastacia.

– Jag går direkt.

– Jag eskorterar dig, Hennes majestät litar inte på sömmerskor.

– Varför inte?

– Chantell var mycket duktig på att stjäla och att flörta.

Annika frös men fortsatte gå.

– Flörta? frågade Annika försiktigt.

– Ja, hon hade mage att flörta med kungen, självklart lyckades drottningen förbise det eftersom Chantell var en så utomordentlig sömmerska och dessutom i hennes fyrtio så hon behövde inte oroa sig för några utomäktenskapliga barn, sa Anastacia.

– Men…?

– Men vem vill ha en annan kvinna kokettera sig för sin make?

– Ingen, såklart.

– Just det, lycka till.

Anastacia stannade framför en dörr och tittade på Annika med ett höjt ögonbryn.

– Rädd? frågade Anastacia.

– Lite kanske, sa Annika.

– Var trevlig och se till att bara göra som hon säger.

– Visst.

Anastacia gick iväg och Annika öppnade dörren till drottningens sovrum och klev in.

– Äntligen är du här, vad tog dig så lång tid? frågade drottningen.

– Förlåt Ers majestät, vad behöver ni hjälp med? sa Annika.

– Du håller tyst och tar bara emot information!

Annika bet sig i läppen och höll tyst.

– Klänningen som hänger på garderoben måste sys i ryggen, de två som ligger på sängen behöver sys i kjolarna och den som jag skulle ta fram nu behöver rättas till i korsetten, sa drottningen.

Annika tog klänningarna i famnen och gick mot dörren. Just som hon skulle kliva ut så klev kungen in genom dörren.

– Ms Cederholm, jag ser att min hustru hittat jobb åt dig, sa kungen.

– Ja men det är underbart, det är ju därför jag är här, sa Annika.

– Endast för att sy kläder! sa drottningen.

Kungen skrattade och gick bort till sin hustru, drog in henne i sin famn och kysste henne. Annika tittade på kungaparet, kände tårarna bränna och lämnade rummet.

Hanna strosade runt i slottet och bara tänkte. Hon kunde inte släppa det faktum att hennes pappa kunde varit död. Samtidigt förstod hon inte hur det kom sig att ingen kunde komma fram och säga att de sett någon eller något. Det enda de visste var att denna person var en kvinna. Men Hanna visste nog vem som varit den räddande ängeln. Annika. Vem skulle annars gå rakt in i skrädderiet som var hennes affär, hennes lägenhet? Det var hennes exman som stod i affären, det var hennes barn som han var ute efter, det var henne som han var ute efter. Hanna vände helt om när stegen var på väg ut och hon styrde istället stegen mot källaren där Annika hamnat med sin ateljé. Hon hade frågat sin mamma så många gånger varför Annika inte fick ta över Chantells ateljé på andra våningen men hon fick aldrig något svar. Hon stannade framför dörren och knackade lätt. Ett ”kom in” och hon sköt upp dörren.

– Prinsessan Hanna, sa Annika överraskat och reste sig.

– Hej Annika, jag tänkte kika in och se hur du hade det, sa Hanna.

– Tack Ers höghet!

– Inga problem.

Hanna snurrade runt i rummet. Det var inte stort och det luktade lite skumt.

– Såg mamma och pappa till att rummet fräschades upp något innan de installerade din ateljé här? sa Hanna.

– Den möjligheten känns ganska liten, sa Annika.

– För alltså jag menar detta på bästa sätt... men lukten?

– ... Är konstig, jo jag vet.

– Jag ska nog ta och prata med mamma och pappa om detta, du kan inte jobba i ett så sjaskigt rum.

– Tack Ers höghet men det är nog ingen bra idé, ju längre bort min ateljé ligger från kungafamiljen desto bättre.

– Varför då? Vem har sagt det?

– Jag har bara den känslan, för den delen lämnas era kläder av någon annan, det är inte jag som hämtar dem eller i alla fall inte ofta.

– Men det är inte rätt att du får sitta i ett fallfärdigt rum i källaren när det finns en fullt utrustad ateljé bara två trappor upp!

– Ni är mycket snäll Ers höghet men detta funkar utmärkt.

Hanna suckade, det verkade inte vara någon idé att argumentera med Annika. Men hon tänkte ändå inte ge sig. Hon ville att sömmerskan skulle finnas i närheten om det blev riktigt akut och det tar flera minuter från källaren upp till tredje våningen där sovrumsflygeln låg.

– Okej, jag ska lämna dig till jobbet igen, sa Hanna. Så vände hon på klacken och lämnade rummet.

Kapitel Tio

Annika satt med den sista klänningen hon hämtat hos drottningen och tänkte över pratstunden med prinsessan för ett par timmar sedan. Prinsessan var den absolut gulligaste personen hon träffat men hon förstod inte riktigt varför Hennes höghet gjorde så mycket för henne själv och döttrarna. Visst hade prinsessan ett hjärta av guld men hon gjorde knappast så mycket för alla i Vivalencia. Det var något speciellt hon gjorde för dem och Annika ville gärna veta vad. Eller var hon bara nöjd över Annikas korrigeringar i deras kläder? Något måste det vara. Hon suckade och la undan klänningen. Så knackade det på dörren och hon gick och öppnade. Utanför stod en ur kökspersonalen.

– Hejsan, mitt namn är Sussie och jag är en av kockarna på slottet, sa kvinnan.

– Trevligt, Annika nya sömmerskan, sa Annika.

– Jo, jag vet men jag undrade om du inte ville komma och äta middag med oss andra i personalen, lära känna oss lite?

– Det skulle vara jättetrevligt men jag har två döttrar jag måste se efter.

– Men ta med dem!

– Det blir inte jobbigt då?

– Nej, verkligen inte, jag har själv en pojke på fem som ränner runt i köket medan vi äter, han klarar inte av att äta så sent.

– Okej men då hämtar jag bara flickorna och så kommer vi!

– Underbart, ses snart.

Annika nickade och plockade snabbt ihop i ateljén och begav sig mot tjänstebostaden. Hon gick upp till sin lägenhet på andra våningen och låste upp. Lilja mötte henne direkt i dörren och hon fick en riktig bamsekram.

– Har det varit bra i skolan? frågade Annika.

– Ja, avslutningen var jättefin, sa Lilja.

– Underbart stumpan, var är Alise?

– I vardagsrummet mamma, svarade Alise.

– Kan du komma ut hit? ropade Annika.

Hon hörde Alise resa sig och så dök hon upp i dörröppningen.

– Vi ska tillbaka till slottet och äta middag med resten
av personalen på slottet, sa Annika.

– Wow, verkligen? sa Alise.

– Japp, jag blev inbjuden nyss så dra på er skor och
kom med nu.

Flickorna hade snabbt satt på sig skorna och tagit sina
jackor. Så gick alla tre tillbaka mot slottet.

Den kungliga familjen satt i matsalen och avnjöt en
riktig överraskningsmiddag av Chef André. En
underbar kyckling med de finaste råvarorna. De pratade
om vad sommaren hade att erbjuda för dem. De skulle
som vanligt ut på familjeyachten i två veckor, Hanna
hade blivit bjuden till prinsessan Lias sommarställe och
Hugo hade redan bestämt med prins Rick att han skulle
med Ricks familj på en hajk. Plötsligt åkte dörren från
korridoren upp och sömmerskan Annika klev in, hon
plockade nervöst med händerna och hade en väldigt
stirrig blick.

– Ursäkta att jag stör Ers majestäter men tyvärr har
jag några dåliga nyheter, sa Annika.

– Låt höra Ms Cederholm, sa Perelius.

– Det har skett en olycka i min ateljé, ett rör har gått av och nu står jag med vatten upp till fotknölarna.

– Klänningarna är väl inte förstörda? frågade drottningen upprört.

– Nej, Ers majestät.

– Bra!

– Men vi måste ordna läckan, du måste tillbaka till jobbet, sa kungen.

– Självklart.

Så reste sig kungen från stolen och gestikulerade med handen åt Annika att visa vägen. Så hon tog helt enkelt täten och hela kungafamiljen följde med.

De stannade snart nere i källaren vid Annikas ateljé. Hanna kikade in i rummet och såg att Annika talade sanning, det var flera centimeter med vatten i rummet.

– Dina arbetsredskap har ju klarat sig men var är kläderna? frågade kungen.

– Jag fick hjälp av Anastacia att ta upp alla kläder till Chantells ateljé, sa Annika.

– Bra, men vi lär få hit någon direkt som kan ordna det så länge får du arbeta hemma.

Hanna ryckte till och stirrade på sin pappa.

– Vad menar du med det? frågade hon.

Perelius tittade förvånat på sin dotter, Annika sneglade osäkert mot prinsessan.

– Varför ska Annika behöva ta hem allt när vi har en helt fungerande ateljé två trappor upp? sa Hanna.

– Den ateljén får hon absolut inte använda! utbrast drottningen.

– Varför inte?

– För att… för att…

– Ni har inte ens någon anledning, vad har ni emot Annika? Varför är det bara jag som tycker hon borde få lika värdig ateljé som Chantell, hon är till och med bättre än Chantell!

– Hanna, nu lugnar du ner dig! varnade Perelius.

– Nej! Vad har ni emot modern till flickan jag älskar?!

Kungaparet ryckte förskräckt till, Hanna slog händerna för ansiktet och salta tårar började rinna nedför hennes kinder. Nu hade det kommit ut också.

– Vi lekte som små, sa en röst långt bort.

Alla vände sig mot ljudet och såg Alise med Lilja bredvid sig.

– Jag minns att jag alltid var så fascinerad över att få leka med en riktig prinsessa, sa Alise.

– Har du lekt med bybarn Hanna?! röt drottningen.

– Vi båda har det, mamma, sa Hugo.

– Ni var så upptagna när vi var små att Severin alltid fick ordna något åt oss och han visste väl inte bättre än att ta oss ner till byn ibland när vi absolut inte ville göra något på slottet, att ordna en lekstund med några av våra kungliga vänner skulle ta alldeles för lång tid, sa Hanna.

– Men ni var inte tillåtna att åka till byn!

– Severin visste väl inte om det, jag tror det var runt den mest känsliga perioden innan pappa förbjöd folk att komma till slottet, muren och positionerade vakter runt slottet där dygnet runt till trots men ni båda var väl så paranoida efter attacken innan vi föddes att ni till slut trodde arr någon av era undersåtar skulle attackera er.

Hanna stirrade på sina föräldrar men så kände hon en hand krama hennes vänstra och tittade dit. Där stod nu Alise och log hela hon.

– Menade du vad du sa? frågade hon försiktigt.

Hanna stirrade på Alise, orden ringde i huvudet på henne och hon fick inte fram ett ord. Hon kunde bara nicka. Alise skrattade och la armarna om Hannas hals. Prinsessan stod som förstenad, blicken i golvet men så lyfte hon den mot sina föräldrar. Uttrycken i deras ansikten var så klara att Hanna slet sig loss från Alise och rusade bort så fort hennes ben förmådde. Hugo gav sina föräldrar ett ögonkast och såg deras miner.

– Bra jobbat mamma, bra jobbat pappa, sa han och vände sig sedan till Alise och Lilja. Ni följer med mig och letar efter Hanna.

De nickade och skyndade sig sedan bortåt korridoren.

Annika stod kvar där i öppningen till sin förstörda ateljé med kungaparet mittemot sig. Vad skulle hon göra? Skulle hon säga något? Hon bet sig hårt i underläppen.

– Okej Annika, jag skickar Severin att hjälpa dig samla ihop alla dina saker så får du arbeta i Chantells ateljé så länge, sa kungen.

– Är det verkligen sant?

– Ja, jag känner inte för att göra min dotter mer upprörd än vad hon redan är.

– Självklart, Ers majestät.

– Men kan du tro det Perelius? sa drottningen. Vår dotter, lesbisk!?

– Det är förfärligt min kära men jag vill inte ta den diskussionen med henne än.

Drottningen nickade och så lämnade de Annika.

Kvinnan tittade efter kungaparet med förundran och en smula förskräckelse. Stackars prinsessa, tänkte hon. Så såg hon Severin komma neråt korridoren.

– Jaha Annika, ska vi fixa upp dina grejer också? sa han.

– Låter som en utmärkt idé, sa Annika.

Så de satte igång att packa ihop hennes saker, som inte var så många så de var snart på väg upp mot Chantells ateljé.

– Du har möjligen inte någon aning om varför jag såg prinsessan Hanna komma rusande gråtandes från ditt håll för ett litet tag sedan? sa Severin.

– Jo, Hanna berättade att hon tycker om min dotter Alise, men det var nog inte meningen, hon gjorde det för att hon ville ordna det bättre för mig.

– Det är vår prinsessa i ett nötskal, alla ska ha det bra men jag förstår varför hon pushade lite extra för din del, det var inget trevligt rum de gett dig.

– Nej men fanns väl inget annat tillgängligt.

– Nu skämtar du väl Annika?

– Va?

– Slottet har säkert femtio rum som inte används och alla ligger ovanför källaren, varför fick du hamna i källaren?

– Vet inte, jag tror inte drottningen är så förtjust i mig direkt.

– Hon är nog orolig, med ditt utseende, kunskaper för att sy och strålande personlighet så tror jag Hans majestät faller för dig inom en snar framtid.

– Det går ju inte, inte om prinsessan…

– Men de är inte blodssystrar.

– Men vad skulle Vivalencia säga?

– Förvånade kanske, det borde väl du veta bättre?

– Ja, i och för sig och jag tror inte Vivalencia skulle ta det så bra.

– Varför inte?

– För att jag är så mycket yngre, för att det inte är rätt att gifta in en bybo, för att prinsessan skulle bli vansinnig, för att…

– Okej Annika, jag förstår.

Hon skrattade till och rodnande lite ursäktande. De packade in allt i ateljén, sedan bugade sig Severin lätt för henne och gick. Annika stängde dörren och snurrade runt i rummet. Ateljén var stor och ljus, det fanns massor av utrymme att arbeta på och alla Chantells provdockor var kvar så hon kunde prova flera olika idéer samtidigt.

– Gillar du det?

Annika hoppade runt och såg att kungen stod i dörröppningen. Åh nej! Tänkte hon panikslaget.

– Rummet är underbart, här kommer jag kunna jobba mycket bättre än i källaren, sa Annika.

– Vad bra att höra.

– Får jag fråga en sak, Ers majestät?

– Självklart.

– Varför satte ni mig i källaren?

Kungen ställde ner en nåldyna och vände sig till Annika.

– Jo miss Cederholm, det är så att det var min hustru som bestämde det, jag var upptagen med annat när Severin kom med frågan så jag lät henne bestämma, sa han.

– Berättade hon varför hon valde källaren? frågade Annika.

– Nej, ingen av oss fick någon riktig förklaring, hon sa bara att hon hade andra planer för det här rummet.

Annika följde hans blick som gick över rummet för att sedan falla på henne. Ögonblicket deras ögon möttes var ögonblicket då alla som hade kunnat se dem skulle ha förstått att dessa två var förtvivlat förälskade i varandra.

Hanna satt med benen uppdragna till hakan, hon hade suttit så de senaste timmarna. Hon hade ingen plan på att ändra sig heller. Hon fick inte sina föräldrars förskräckta blickar ur huvudet. Hur kunde de reagera så starkt? Visst är det inget som förväntas av en prinsessa, att en prinsessa är lesbisk eller kanske bara bi, hon visste ju knappt själv. Hon suckade och begravde huvudet i händerna. Hon var helt splittrad, vad skulle hon göra? Skulle hon fortsätta på som om det aldrig hade hänt eller skulle hon inse sina känslor till fullo och bara leva efter det. Hugo hade suttit med henne i någon timme, hon hade sett Alise och Lilja borta vid dörren men de hade aldrig vågat sig fram. Alise tyckte knappast om henne på samma sätt som hon tyckte om Alise.

– Hanna?

Hon lyfte på huvudet och tittade mot dörren. Där stod nu hennes pappa med en förvirrad och sårad uppsyn.

– Kom du hit för att skrika på mig behövs inte det, jag
skriker redan på mig själv, sa Hanna.

– Nej raring men jag vill prata med dig, sa Perelius.

– Jaha, varsågod då.

– Snälla Hanna, jag är lika splittrad som dig just nu.

– Det tror jag knappast.

Hanna la armarna i kors och hennes pappa suckade. Så
gick han bort till hennes säng och gestikulerade åt
henne att sätta sig bredvid. Hanna klev ner från fönstret
och gick bort till sängen.

– Raring, nu tror jag det är såhär att jag har blivit
förälskad i Annika, du får bli så arg du vill men jag
vill bara att du ska veta att läget är så, sa Perelius.

Hanna stirrade på sin pappa, jahapp nu fick hon inte
vara kär heller.

– Känner Annika detsamma? frågade hon.

– Jag vet inte, det är inte direkt något man frågar som
vuxen, sa han.

– Det förstås men jag kan fråga åt dig?

– Nu blev det barnfasoner.

– Hur ska du annars kunna veta, du kan inte riktigt ta dig någon egen tid med Annika, mamma skulle bli helt galen.

– Det har du rätt i. Visst, se om du kan luska något.

Så reste han sig och gick mot dörren men vände sig om för att säga något.

– Ni är inte blodssystrar, Hanna.

Så gick han sin väg och lämnade sin dotter i total förvirring.

Kapitel Elva

En månad efter flytten upp till slottet var det dags för sommarfestivalen med cirkus, sånguppträdanden och mycket mer. Annika hade lovat Lilja och Alise att de skulle få gå på lördagen. Men det var efter att de fixat sina uppgifter på slottet. Så då blev hon riktigt överraskad när hon såg dem uppe redan vid sju på morgonen en lördag. De satt vid köksbordet och åt frukost.

– God morgon tjejer, sa hon.

– God morgon mamma, när hade du tänkt ta dig till slottet? frågade Alise.

– Inte förrän om en timme, jag ska äta frukost i lugn och ro, plocka ihop mina grejer och göra mig klar.

– Men tror du vi kan gå nu?

– Men Alise, du och Lilja ska väl städa upp och bädda om i deres högheters sovrum?

– Jo…

– Jag tror knappast prinsen och prinsessan är vakna nu och vill att ni stormar in för att städa upp.

– Vem tar vems sovrum? frågade Lilja.

– Du får ta prinsessans! sa Alise.

Annika skrattade åt den förskräckta minen som storasyster fick när hennes lillasyster frågade.

– Nej Alise, ni ska göra detta tillsammans, sa Annika.

– Men mamma…, försökte Alise.

– Nej Alise, det är sagt att ni ska göra era uppgifter tillsammans och då ska ni göra alla uppgifter tillsammans, vad är du så rädd för att hitta i prinsessans rum?

– Jag är inte rädd för att hitta något, jag är rädd för att möta henne.

Annika höjde förvånat ögonbrynen och tittade sedan på Lilja som snabbt fattade vinken och lämnade köket. Annika satte sig bredvid Alise i soffan.

– Hur känner du för prinsessan? frågade Annika.

– Jag vet inte, enda sedan hon sa det där orden så har det inte släppt mig, jag har tänkt på det varenda gång jag klivit in i hennes rum och än så länge har hon inte varit där eller att vi mötte henne men jag är alltid lika rädd för att hon ska vara där när vi kliver in.

– Vad tror du ska hända?

– Jag vet inte, jag kommer frysa, bli helt förstenad, rädd.

– Du är förtjust i henne.

– Blir du arg nu?

– Va? Men älskling, jag skulle aldrig kunna bli arg för att du är kär, det är jättegulligt!

– Men att hon är tjej, prinsessa dessutom.

– Självklart ställer det till det att hon är prinsessa men att hon är tjej rör mig inte ryggen.

– Är det sant mamma?

– Självklart Alise, du ska få tycka om vem du vill!

– Tack mamma!

Alise gav sin mamma en kram och reste sig sedan och gick ut från köket. Annika satt kvar i soffan, tittade efter sin äldsta dotter och log. Hon ville inget annat än se sina döttrar lyckliga. Så reste hon sig och städade undan i köket och gick sedan för att göra sig klar och gå till slottet.

Hanna vaknade på lördagsmorgonen av solens strålar som letade sig in genom fönstren. Hon sträckte på sig och satte sig upp, ringde i klockan bredvid sängen och snart steg en betjänt in genom dörren med frukostbricka. När personen lyfte på huvudet tappade Hanna hakan.

– Alise? sa hon.

– God morgon Ers höghet, sa Alise. Jag hoppas att sömnen var skön?

– Självklart men Alise, du ska inte servera mig frukost, det är inte några av dina uppgifter.

– Jag frågade snällt om jag fick och det var inga som helst problem, Ers höghet.

– Snälla, den där höghetsstämpeln, släpp den.

– Som ni vill Ers… Hanna.

Hanna log och tog emot brickan som Alise räckte fram. Hon la den försiktigt på frukostbordet hon ställt upp i sängen och la en servett i knät.

– Jaha Alise, hur kommer det sig att du frågade om du fick lämna min frukost? frågade Hanna.

– Jag… ehh jag, jo, mumlade Alise.

Hanna log åt flickan som inte kunde tala för sig själv, hon fick erkänna att hennes känslor för Alise bara blev starkare av Alises mumlande.

– Hur känner du dig? frågade Hanna.

– Bra Ers... Hanna, fast jag tyck… jag tyck… jag.

– Du tycker om mig?

Alise nickade sakta, Hanna log och ställde bort frukosten, klev ur sängen och ställde sig mittemot Alise. Hon la händerna på hennes axlar och la huvudet sedan lätt på sned.

– Du rodnar som ett skållat troll, sa Hanna.

– Va? sa Alise förskräckt och händerna flög upp till ansiktet.

– Det gör inget men vi får det inte roligt med våra föräldrar.

– Mamma har inga problem med att jag tycker om dig.

– Vad härligt men vi har ett annat problem.

– Jaså, drottningen?

– Hon också men det gäller snarare min far.

– Kungen?

– Japp, han är kär i Annika.

– I mamma?

– Ja, jag har lovat pappa att jag ska försöka luska i om Annika känner samma sak, du kan kanske hjälpa mig?

– Visst, men hur blir det med oss då?

Hanna suckade men kom sedan på något som hennes pappa sa förut. Ni är inte blodssystrar. Vad menade han med blodssystrar?

– Pappa sa något samma dag som jag avslöjade att jag tyckte om dig, att vi är ju inte blodssystrar, sa Hanna.

– Vad menade han med det?

– Jag vet inte, jag förstod aldrig men jag tror jag fattade det nu, vi är ju inte släkt på något vis alls men att min pappa och din mamma skulle bli tillsammans gör stämningen bara konstig.

– Precis, så det går ju men vill vi göra det då?

– Jag vet inte, det funkar ju mera för oss än för dem, för pappa skulle ändå aldrig lämna mamma.

– Men då är väl det löst?

– Kanske, jag vet inte, pappa kan vara ganska oförutsägbar ibland, jag menar ingen hade någon aning om att han gick iväg till Annikas ateljé nere i byn, hur fick han veta att ni var i fara liksom?

– Bra fråga, men han räddade oss.

– Nej, Annika hade löst det, däremot räddade hon pappa från att dö så det var hon som räddade oss snarare.

– Oj, vet alla om att det var mamma?

– Nej, det är ingen som vet, jag gissar men jag tror inte pappa vet, han måste ju varit helt borta när han blev skjuten.

– Det måste han ju varit.

En knackning fick Alise att hoppa en halvmeter och snabbt ställde hon sig strax bredvid Hanna. Hugo öppnade dörren och klev överraskat in i sin systers sovrum.

– God morgon syrran, sa Hugo.

– God morgon brorsan, sa Hanna.

– God morgon Alise.

– God morgon Ers höghet.

– Nej, inte den stilen, det har min syster redan sagt va?

– Om sig själv ja, men inte er Herr Hugo.

– Alise, sluta.

– Okej.

Så vände sig Hugo mot sin syster.

– Mamma och pappa vill ha oss i tronsalen pronto, sa han.

– Oj, undrar vad de har och berätta? Sa Hanna.

– Ingen aning.

– Städar du upp så länge Alise?

Flickan tittade upp på prinsessan och nickade. Hanna log och gick sedan med sin bror ut ur rummet.

Alise tittade efter prinsessan och vände sig sedan mot hennes säng. Hon gick fram och plockade undan frukostbrickan från sängen. Så rev hon ut sängkläderna och en doft av prinsessan slog emot henne. Hon stannade upp och sög i sig. Fan, hon var fast. Så samlade hon ihop alla sängkläder och skulle just lägga över dem i en stol när Lilja klev in.

– Bra timing syrran, ta dessa! sa Alise.

– Visst, sa Lilja och tog emot sängkläderna. Så hur gick det?

– Hur gick vad?

– Mötet med Hennes höghet? Jag mötte henne i korridoren och förstod då att hon var på sitt rum när du klev in.

– Jo, jag serverade ju frukosten åt henne men det gick väl bra, dock är kungen kär i mamma så vi har ett problem.

– Va?

Lilja stirrade med full skepsis på sin syster. Alise nickade bestämt, Liljas ögon spärrades upp och hennes mun föll.

– Men du kan inte mena allvar! sa Lilja.

– Jag är fullt seriös Lilja! sa Alise.

– Kungen, kär… i mamma?

– Japp, jag kan knappt tro det själv men jag litar på att prinsessan talar sanning.

– Ja, självklart, varför skulle hon ljuga om det liksom?

– Nej men ingen aning, en undanflykt från mig?

– Fast det var ju faktiskt prinsessan som sa att hon var kär i dej först och inte du.

– Jo men hur ska jag veta hur kungligheter tänker?

– Men det vet du ju inte?

– Nej, precis.

– Är ni fortfarande kvar?

Alise och Lilja ryckte till och tittade mot dörren. Där stod prinsessan med ett frågande ögonbryn höjt.

– Vi började prata och tänkte inte på att förflytta oss samtidigt, Ers höghet, sa Alise.

– Jaha, sa prinsessan.

– Är det sant att kungen är kär i vår mamma? frågade Lilja.

Alise spärrade upp ögonen och gav Lilja ett argt ögonkast men prinsessan bara skrattade. Men hon drog igen dörren bakom sig och gick bort till sitt skrivbord.

– Ja Lilja, det stämmer, vilket ställer till det för mig och Alise men jag är ändå… ops!

Prinsessan avbröt sig och satte en hand för munnen. Lilja stod och tittade frågande på henne, Alise la huvudet på sned.

– Vad, Ers höghet? frågade Alise.

– Mina föräldrar har förbjudit mig att tala med dig, sa Hanna.

– Va?

– Japp, de har förlorat förståndet, jag menar, kom igen, jag får inte ens prata med dig!

– Jag tycker kungen och drottningen är alldeles för elaka! sa Lilja bestämt.

– Lilja, säg aldrig sådär igen!

Lilja och Alise vände sig om och Hanna tittade upp. Annika stod i dörren med ett upprört ansiktsuttryck.

– Men det är ju så mamma, sa Lilja.

– Nej verkligen inte, Lilja! sa Annika.

– Men… men…

– Lilja inte ett ord till om kungen och drottningen!

– Tycker du om kungen, mamma? Är du kär i honom?

Annika tappade ansiktet och stirrade överraskat på sin dotter.

– Vad menar du med det? frågade hon.

– Men tycker du om honom? sa Lilja igen.

– Jag… Asså…

– Han tycker om dig i alla fall, väldigt mycket verkar det som dessutom, sa Hanna.

– Va?

Annika blinkade, helt mållös. Prinsessan och hennes döttrar skrattade.

– Pappa har bett mig ta reda på om du känner detsamma, vad säger du? sa Hanna.

– Asså…

– Var ärlig nu mamma! sa Alise.

– Om ni låter mig prata så kan ni nog se om jag är ärlig eller inte!

– Ledsen.

Annika log men bet sig nervöst i läppen. Hanna höjde roat ögonbrynet, Alise såg det och gick bort till henne.

– Vad? viskade hon.

– Hon *är* kär i pappa, viskade Hanna.

– Allvarligt?

Alise tittade nyfiket bort mot sin mamma, Hanna försökte hålla sig för skratt, Annika våndades riktigt mycket för att erkänna hur hon verkligen kände.

– Nu har du väntat så länge att det blivit obvious, sa Hanna.

– Okej då, jo jag är förtjust i kungen, sa Annika.

– Verkligen, mamma?? utropade Lilja.

– Schhh, inte så högt men jo, det stämmer och det verkar som mina känslor dessutom är besvarade?

– Japp, helt och fullt, sa Hanna.

– Hur gör ni då tjejer?

– Det är ganska enkelt, mamma och pappa har förbjudit mig att prata med Alise så hon kommer nog få andra uppgifter hädanefter.

– Allt för att minimera kontakt?

– Japp.

Annika skakade på huvudet så tittade hon på prinsessan igen.

– Ni ska ha en bal om ett par dagar, finns det något jag ska göra? frågade hon.

– Ja, min klänning behöver faktiskt lite finjustering, sa Hanna.

– Glad att vara till hjälp!

Hanna gick bort till sin garderob och plockade fram klänningen i fråga och gav den sedan till Annika. Hon tackade, neg och tog sedan med sig sina döttrar ut.

Annika var tillbaka i sin nya ateljé och jobbade på prinsessans klänning. Hon hade inga svåra justeringar så det var smartast att börja med hennes. Annika funderade på det som hon fått reda på. Hennes känslor var faktiskt besvarade men samtidigt som hon blev helt utom sig av glädje så visste hon att det aldrig skulle kunna bli dem två. Det fanns inte någon som helst chans i världen att kungen skulle bryta upp från sitt äktenskap. Annika visste för den delen ingenting om att vara kunglig, hur skulle hon kunna lära sig allt som hon behöver lära sig? Säkerligen så var det massor hon behövde anpassa sig till och lära sig och visst var hon snabb på att lära sig men troligen inte så snabb. Hon suckade och la bort prinsessans klänning som nu var klar. Så knackade det på dörren, hon sa ett "kom in" och dörren åkte upp. Annika reste sig sakta upp, släppte inte blicken framför henne när hon rusade fram och…

– Mamma?!

Annika slet sig loss och stirrade på Alise och Lilja som dykt upp bakom. Som en blixt var han borta. Hjärtat rusade i hennes bröst, hela världen snurrade omkring henne och det sista hon såg innan allt svartnade var Alise som kastade sig mot henne.

Kapitel Tolv

Alise satt med Lilja i famnen utanför ett av rummen i sjukhusflygeln på slottet. Deras mamma låg inne i rummet just nu och undersöktes av slottets läkare.

– Tror du mamma kommer bli okej? frågade Lilja.

– Självklart kommer mamma bli bra, sa Alise.

– Varför svimmade hon?

– Jag vet inte, men jag tror det har med jobbet att göra.

Lilja la huvudet i Alise knä igen, Alise lyfte blicken från sin lillasyster och stirrade på dörren framför henne. Det fick inte vara något fel på deras mamma.

– Vad i hela friden är det som hänt?

Alise tittade åt vänster och såg prinsessan komma halvspringande från korridoren.

– Mamma svimmade, sa Alise.

– Herregud, är hon okej? frågade prinsessan.

– Vi vet inte, vi har inte fått träffa henne än.

– Du skojar?

– Nej?

Hanna gick bort till dörren, knackade och väntade på att någon skulle öppna. Snart åkte dörren upp och chefsläkare Edenholm mötte henne.

– Ers höghet, sa han.

– Alise och Lilja önskar se sin mamma, sa Hanna.

– Jag är ledsen men Ms Cederholm har inte vaknat än, sa chefsläkaren i lägre ton.

– Va?

– Tyvärr Ers höghet, annars hade vi visat in dem för länge sen.

– Okej, tack.

Hanna vände sig om och dörren stängdes bakom henne.

– Varför får vi inte träffa mamma? frågade Alise. Hanna bet sig i läppen, hon kunde inte säga sanningen när Lilja var där.

– Hon behöver vila massor så därför får ni inte träffa henne, sa Hanna.

Alise höjde på högra ögonbrynet. Hon trodde inte prinsessan för fem öre. Steg närmade sig bortifrån korridoren och snart syntes kungaparet. Alise gav Hanna ett snabbt ögonkast men hon såg att prinsessan bara himlade med ögonen.

– Hanna, vad gör du här, du borde studera eller göra något viktigare? sa Beatrice.

– Ursäkta besvikelsen mor men jag ville faktiskt veta hur det var med vår sömmerska och om du glömt så har hon faktiskt en dotter som bara är sju år, dessutom har jag sommarlov, sa Hanna och satte sig bredvid Alise och strök Lilja över håret.

– Har ni hört något? frågade kungen.

– Hanna skulle just…

– Hanna?! Prinsessan eller Ers höghet, ni tjänstefolk får aldrig tala om prinsessan med hennes tilltalsnamn, sa drottningen upprört.

– Mamma sluta, jag har bett Alise personligen att inte kalla mig prinsessa eller Ers höghet, jag vill inte ha det tilltalet, sa Hanna.

– Vad fick du veta, Hanna? frågade kungen.

Hanna tittade mot sin pappa, bet sig än en gång i läppen, hon fick helt enkelt säga det.

– Annika har inte vaknat än, sa hon.

– Men du sa…, började Alise.

– Jag vet Alise, jag är ledsen men jag ville bespara er smärtan.

– Mamma… viskade Lilja.

Så kastade sig flickan om halsen på sin storasyster och grät så att hon tappade andan. Alise höll lätt panikslaget om sin lillasyster och tittade på prinsessan. Alises vänstra hand strök Liljas hår medan hennes högra låg på bänken. Prinsessan tog den och strök sedan Liljas hår med sin fria hand. Det var knäpptyst i korridoren, Hanna tittade upp på sina föräldrar och de tittade tillbaka på henne. Uttryckslöst men ändå så klart, deras ögon sa allt. Hennes mor, besvikelse och förskräckelse för vad som kan komma skall. Hennes far, sjuklig oro och avgrundsdjup kärlek.

– Jag behöver luft.

Alise tittade på prinsessan som snabbt släppte hennes hand. Alise reste sig med Lilja och de gick tillsammans bortåt i korridoren.

Man kunde ju tro att de skulle vara säkra här på slottet, tänkte hon. Men så fel det var. Nu låg Alise och Lilja på en varsin sida om henne, skräckslagna och sårade. Alise skulle få ett ordentligt blåöga och hennes fina lilla Lilja hade en stukad fot. Han hade varit framme än en gång. I ett oövervakat ögonblick från någon slet han åt sig Alise och Lilja och hade lyckats ta sig enda bort till slottsportarna då någon upptäckte honom och kom till räddning. Hon skulle aldrig släppa sina flickor ur sikte igen. Inget fick längre stå i vägen. Hennes fokus skulle ligga på jobbet och döttrarna. Hennes kärleksliv fick hon ta tag i någon gång i framtiden, hon hade klarat sig hittills så hon kunde nog klara sig ett tag till.

– Mamma när tror du vi får gå hem? frågade Alise.

– Jag vet inte hjärtat, läkaren säger till när vi får lämna, sa Annika.

– Okej.

– Mamma, jag är så rädd, viskade Lilja på andra sidan.

– Åh älskling, du ska inte behöva vara rädd.

– Ms Cederholm, Hans majestät önskar träffa dig, orkar du? frågade chefsläkare Edenholm som dykt upp.

– Ja, självklart.

Chefsläkare Edenholm gick iväg och snart såg hon Hans majestät vid sängen.

– Hej Annika, sa han lågt.

– Hej, viskade hon.

Alise och Lilja reste sig och tog sig snabbt över till sängen bredvid. Vände sig bort från deras mammas säng. Annika log roat åt deras reaktion och vände sedan tillbaka uppmärksamheten till kungen.

– Förlåt mig, sa han.

– Du har inget att be om förlåtelse för? sa Annika.

– Jo, vi har lagt för mycket press på dig under din första tid här, vi har förväntningar på våra sömmerskor men jag personligen känner att vi kunde ha varit lite snällare mot dig.

– Ni ska lägga samma förutsättningar för mig som för någon annan, bara för att jag har en galning till exman så betyder inte det att jag ska behandlas annorlunda.

– Jag skulle behandla dig precis som de andra, om jag inte varit fullkomligt förälskad.

Annika tittade in i ögonen på rikets mäktigaste man, den man hon passionerat kysst för bara en liten stund sedan. Hon hade kunnat göra det igen om inte Alise och Lilja varit i rummet. Hon kände tårarna bränna i ögonen, hon kunde inte.

– Jag kan inte, viskade hon.

– Kan inte vad då? frågade han.

– Göra detta mot din familj, det vore inte rätt.

– De kommer över det.

– Tror du verkligen det? Din hustru? Hugo? Hanna?
Kungen lyfte blicken när dotterns namn kom på tal och
tittade rakt på Alise. Flickan tittade tillbaka,
uttryckslöst.

– Jag är redo att göra vad som helst för att få vara med
Annika men jag vill inte att mina barn ska ta skada
eller hata mig för resten av mitt liv, sa han,
sammanflätade sin hand med Annikas men släppte
inte Alises blick.

– Min mamma är värd det allra bästa efter allt hon
utstått och jag kan inte tänka mig något mer ärofyllt
än att bli drottning av Vivalencia och för mig och
Lilja att bli era styvdöttrar Ers majestät, sa Alise.

– Pappa?
Alla fyra ryckte till och tittade mot dörren där nu
prinsessan stod.

– Hanna, precis den vi ville träffa, kom hit, sa kungen.

– Va? Sa Hanna förvånat.

Kungen vinkade bara åt henne att komma bort till Annikas säng så hon gjorde det men gick och satte sig vid Alise och Lilja.

– Du vet ju hur jag känner för Annika, sa han.

Hanna nickade sakta och tittade från sin pappa till Annika och så tillbaka igen. Det var så mycket kärlek som exploderade runt dem när deras ögon möttes att det knappt gick att se något annat.

– Så har du någon plan för att lösa detta pappa? frågade Hanna.

Kungen suckade och skakade på huvudet.

– Nej, inte än, jag lär komma på hur jag ska berätta det för din mor först och främst, du och Hugo är ett senare problem, sa han.

– Senare och så mycket enklare problem, sa Hanna.

– Tror du din bror är lättövertalig?

– Ja, han är knappast några större problem.

– Okej, då litar jag på dig om det.

– Absolut!

Hanna hade alltid haft en aning om att hennes pappa var galen i många fall men detta tog nog priset. Visst var hon glad för sin pappas skull, han hade blivit så mycket gladare men egentligen var det ju inte av en särskilt bra anledning. Att han ville bryta upp familjen och att gifta sig med någon från byn lär väl om något strida mot hans egen lag om att inga bybor fick komma till slottet. Men den kanske hävs när Annika blir drottning? För det var nog inget snack om saken, grundfamiljen Mideliton var över. När det knackade på dörren hoppade Hanna ner från fönsterbänken och sa ett "kom in". Hon hade förväntat sig sin bror eller föräldrar men personen som klev in var Alise.

– Alise, vad gör du här? frågade Hanna.

– Jag vet att du inte får prata med mig men jag vet inte vart jag ska ta vägen, sa Alise.

– Men du borde väl vara med din lillasyster och mamma?

– Lilja har visats till ett rum bredvid mammas rum där hon fick rita och massa annat och mamma pratar fortfarande med din pappa.

– Du skojar?

– Nej Hanna, jag skojar inte.

Hanna stirrade på Alise så intensivt att Alise började skratta.

– Men jag har en plan, sa flickan.

– Vad då? frågade Hanna.

– Vi rymmer.

– Du skojar?

– Hanna sluta, nej, jag skojar inte.

– Tror du verkligen Annika skulle bli glad om du drog på eget bevåg nu istället?

– Nej, mamma skulle nog bli väldigt ledsen.

– Precis, vill du verkligen riskera det? Nu när du äntligen är borta från din pappa så är det nästan som du ber om att han ska fånga dig igen.

– Det är det väl inte alls, jag vet hur man smyger.

– Vi kommer bli så busted!

– Varför tror du det?

– Så fort mamma och pappa upptäcker att jag är borta så kommer de skicka ut ett stort pådrag som ska hitta mig.

– Så då får vi gömma oss väl.

Hanna suckade och skakade på huvudet. Alise höjde frågande höger ögonbryn.

– Vad, vad är problemet nu? frågade hon.

– Det går inte, det kommer inte gå, sa Hanna.

– Men klart det kommer gå, herregud vad negativ du är, vill du inte umgås med mig?

– Jo Alise, mer än gärna men i och med riktningen på relationen mellan våra föräldrar så känns det ganska meningslöst.

– Meningslöst att bo här, ja! Men vi rymmer, du kastar din tiara åt skogen och så lever vi som vanligt folk!

– Alise, jag har ingen aning om hur det är att leva som vanligt folk och var har du tänkt att vi ska bo? Vi har inte råd med någonting, vi är bara tolv år!

– Men vi löser det, på något sätt!

– Jag är ledsen Alise, jag kan inte.

– För vem? *Vem* behöver du ta om ryggen för dina egna känslor? Din pappa? Min mamma? *Din* mamma? De är vuxna människor och kan sköta det på egen hand.

Hanna slog händerna för ansiktet och gick förbi Alise och bort mot dörren.

– Jag älskar dig Hanna Evangeline Lilly, sa Alise. Men Hanna bara fortsatte ut genom dörrarna, bort från Alise, bort från känslorna, bort från kaoset.

Annika var tillbaka i sin lägenhet i tjänstebostaden med båda sina döttrar. Alise hade försvunnit ett tag medan Lilja suttit fullt sysselsatt i rummet intill. Själv hade hon pratat med kungen, i vad som nog blev timmar. Alise kom tillbaka kort efter att han hade gått. De var överens, hon och han. Det skulle bli de två, kosta vad det kosta vill och hon var fullkomligt överlycklig. Lilja jublade med henne men när hon tittade på Alise när hon berättade den stora nyheten så tyckte hon sig urskilja skräck i dotterns blick. Men Alise ville inte berätta vad som var fel, hon hade bara sagt att det var en stor chock. Han skulle komma bort till dem efter att han berättat för drottningen hade han sagt. Klockan började närma sig tio, Lilja gäspade stort.

– Ni behöver inte sitta uppe, sa Annika.

– Inte? sa Lilja.

– Nej, självklart inte.

– Bra, då går jag och sover.

– Jag hjälper dig! sa Alise snabbt.

Lilja gav Annika en godnattkram och så gick systrarna iväg till badrummet. Skulle Alise fortsätta vara så avståndstagande så fick hon ta och prata med dottern. Så knackade det på hennes dörr och hon flög upp ur soffan. Hon skyndade sig bort till dörren, rättade till håret och öppnade. Där stod han nu, så ståtlig. Annika kände hur benen vek sig under henne, han tog bokstavligen andan ur henne.

– Får jag stiga på? frågade han lågt.

– Ja men gud, självklart Ers…

Hon bet sig i läppen, vad skulle hon kalla honom? Ers majestät skulle bara bli konstigt men han var ju kung och hon en vanligt dödlig. Älskling? Nej! Alldeles för tidigt.

– Perelius, men vi gör det enkelt så du kan säga Per, sa han.

– Du såg min match med mig själv, sa hon och rodnade.

Han tog hennes ansikte i sina händer och tittade henne djupt i ögonen.

– Dina ögon kan tala för dig, det finns en frihet i dem som jag verkligen tycker om, sa han.

– En frihet? viskade hon.

– Dina ögon är himmelsblå, man ser himlen i dem, himlen ovanför oss är lika fri som gräset runt våra fötter och jorden under gräset.

– Du har ingetdera, dina glittrar men du är ju av kunglig börd så det ter sig rätt, dina glittrar som safirer.

Medan de talat har båda omedvetet flyttat sig närmare varandra, en av hans händer la sig vid hennes ryggslut. Hennes vänsterhand gled upp i hans mörkbruna hår och hon reste sig försiktigt på tå.

Alise hade tyckt att bilden av hennes mamma och kungen hade varit vacker där de stod omslingrade och kysstes. Men nu älskade hon kungens dotter så den totala känslan av lycka uteblev. Nu tyckte hon det bara var äckligt.

– Vem ska nu styra Vivalencia? frågade hon rätt ut i luften.

Hennes mamma hoppade till och tittade bort mot dottern. Kungen vände sig om och log mot Alise men Alise log inte tillbaka.

– Det är fortfarande jag Alise, sa kungen.

– Men du har ju brutit med drottningen, kungafamiljen är splittrad, sa Alise.

– Alise! sa Annika varnande.

– Det är min släkt som man ska säga ”äger” Vivalencia, inte Beatrices, så det är inga som helst problem, jag kommer inte träffa er mamma här i lägenheten, den är eran och det är er borg, den tänker jag inte inkräkta på.

– Men du gör det just nu.

– Alise! sa Annika igen.

– Självklart, Annika kan vi talas vid utanför?

– Självklart.

Innan hennes mamma och kungen klev ut så såg Alise inget annat än mörker i sin mors blick. Hon skulle härifrån, fick hon inte som hon ville så drog hon illa kvickt.

Hanna gick runt i trädgården medan hjärnan jobbade på högvarv. Alise hade sagt att hon älskade henne, hon hade sagt *"Jag älskar dig."*. Ordet "älskar" hade lyst illrött framför Hannas ögon. Det fick inte vara sant, hur i hela friden skulle detta bli bra.

– Hanna, syrran!

Hanna vände sig om och såg Hugo komma kutandes.

– Vad är det Hugo? frågade hon.

– Pappa har dragit, han har dragit till Annika, det är över helt, han sa till mamma att han skulle be deras advokater ordna med alla papper men det var ingen idé hon kämpade emot.

– Herregud, har världen blivit helt galen? Utbrast Hanna.

– Tydligen.

– Hur mår mamma?

– Vad tror du? Visst hade hon förstått att den nya sömmerskan hade utseendet men hon trodde faktiskt inte detta om pappa, inte efter incidenten med Chantells senaste assistent.

– Blev inte hon gravid?

– Jo, precis.

– Herregud och Annika är knappast mer än trettio.

– Vad händer med dig och Alise?

– Hon sa att hon älskar mig.

– Allvar?!

– Japp och hur ska jag kunna svara på det?

– Älskar du henne?

– Ja, det gör jag men…

– Då är det väl inte så svårt?

– Hon vill att vi rymmer tillsammans.

Hugo skulle just säga något när orden löpte ur Hannas mun så han frös och stirrade storögt på sin syster.

– Mamma skulle bli helt förkrossad, sa Hugo.

– Jag har inte tänkt rymma med henne, sa Hanna.

– Men du älskar ju henne, hur ska ni kunna leva ut ert förhållande när pappa har ett förhållande med hennes mamma om ni bor under samma tak?

– Jag vet inte, det går inte.

– Kom igen, nu går vi till mamma.

– Gärna.

Tvillingarna lämnade trädgården och gick tillbaka in i slottet.

Kapitel Tretton

När Annika vaknade nästa dag var skuldkänslor det första som sköljde över henne. Alise var skitförbannad på henne men samtidigt kunde hon inte vara gladare. Hon reste sig upp på armbågarna och tittade ner på ansiktet bredvid henne. Hans ansikte var helt rent när han sov, inte en endast rynka. Hans panna hade varit i djupa veck hela gårdagskvällen. Han visste att han ville vara med henne men hur han skulle lösa problemen i familjen hade han dessvärre ingen aning om. Hon kysste honom försiktigt på kinden och klev upp. Solen hade ännu inte stigit helt så hon gjorde snabbt iordning kaffe och gick ut på balkongen. Vyn över Vivalencia var fantastisk från lägenheten då den tillsammans med slottet låg på en kulle ovan byn. Så kände hon ett par armar runt sin midja och ett leende smög sig över hennes mun.

– God morgon älskling, sa han.

– God morgon, sa hon.

– Jag har aldrig fått chansen att se solen resa sig över
Vivalencia förrän nu, det är helt magiskt.

– Det är fantastiskt.

Annika ställde undan koppen och vände sig mot
honom. Tittade upp i hans ansikte. Så vackert, så
mycket som de ögonen upplevt, tänkte hon.

– Du är så vacker, viskade hon.

Han släppte soluppgången med blicken och tittade på
kvinnan framför sig. Hon som kommit in som en
räddande ängel, en frisk och fräsch vind i hans liv. Han
tog hennes högra hand och förde den till sina läppar.
Lätt beröring, hon tittade på handen och sedan honom.
Himlen fanns där lika vacker som en ängel.

– Nej, det är du, min vackra Annika, sa han.

Alise satt på sitt och Liljas rum, granskade nålen
mellan hennes tumme och pekfinger. Hon tittade på sin
andra hand. Hon älskade henne men var hon värd Alise
smärta? Hon var mer än värd det, hon var värd allt.
Alise tog nålen och satte den mot sin vänsterhands
pekfinger och tryckte till. Det gjorde inte ens ont men

en försiktig droppe av det rödaste blod föll från hennes finger och landade på det vita lakanet.

– Resultatet av lust, lusten från blodsbomben inom oss.

Alise ryckte till och tittade sig förskräckt omkring.

– Vem där? sa hon.

En siluett rörde sig borta vid dörren, bakom dörren. Det enda stället i deras rum som var lika mörkt som natten.

Alise spärrade upp ögonen av vad hon såg, en glittrande tiara med blåa safirer.

Författarens tack

Så ett litet sista skrivet tal till Er som läst denna bok.
Ett litet tal där jag vill tacka Er som läst och
människorna runt omkring mig. Att ge inspiration till
en bok är egentligen inte så svårt, det finns inspiration
överallt. Min mamma kan ge inspiration. Min bästa vän
kan ge inspiration. Min före detta fröken kan ge
inspiration. Så egentligen tack alla vackra människor
för att ni finns i mitt liv och kan ge mig massa rolig
inspiration. Ett extra tack till Angelika Blyhagen
Lindroos som tog sig tid och korrekturläste min bok!
Om det skulle vara så att Ni finner fel så är det helt mitt
eget men jag hoppas Ni haft trevlig läsning.
En dröm har slagit in och detta känns magiskt! Tusen
tack!
Puss & kram
Karin Jansson, författare av Drömmen om dig och mig.